UNA MUJER SALVAJE

ORDENA POR CORREO LA NOVIA DE SLATE
SPRINGS - LIBRO 2

VANESSA VALE

Derechos de Autor © 2016 por Vanessa Vale

ISBN: 978-1-7959-4710-7

Este trabajo es pura ficción. Los nombres, personajes, lugares e incidentes son producto de la imaginación de la autora y usados con fines ficticios. Cualquier semejanza con personas vivas o muertas, empresas y compañías, eventos o lugares es total coincidencia.

Todos los derechos reservados.

Ninguna parte de este libro deberá ser reproducido de ninguna forma o por ningún medio electrónico o mecánico, incluyendo sistemas de almacenamiento y retiro de información sin el consentimiento de la autora, a excepción del uso de citas breves en una revisión del libro.

Diseño de la Portada: Bridger Media

Imagen de la Portada: Period Images

¡RECIBE UN LIBRO GRATIS!

Únete a mi lista de correo electrónico para ser el primero en saber de las nuevas publicaciones, libros gratis, precios especiales y otros premios de la autora.

http://vanessavaleauthor.com/v/ed

1

IPER DARE

Mi cabeza se cayó cuando el autobús se tambaleó en un surco particularmente grande y me desperté con un sobresalto. La baba llenó la comisura de mi boca y la limpié con mis dedos. Levanté la mirada para asegurarme de que la mujer delante de mí no había visto mi saliva no apropiada para una señorita, pero ella—afortunadamente—estaba dormida, su cabeza inclinada hacia atrás y su barbilla estaba dirigida hacia mí. Estaba bastante cálido e incluso con solapas de la ventana abiertas, no había mucha brisa. Halé mi corpiño, la tela húmeda y pegada a mi piel. Tenía mucha sed y anhelaba un vaso de limonada helada. Parpadeé una vez, después froté mis ojos. El tiempo pasaba lentamente en el autobús y no tenía idea de por cuánto tiempo había descansado. Incluso con una marca en mi cuello y una espalda dolorida… y trasero por el asiento duro e incómodo, no pudo haber sido por demasiado tiempo. De acuerdo a la posición del sol en el cielo, solo debería ser otra hora o dos antes de la siguiente parada. Mi última parada.

Casi me quedaba sin monedas y el autobús no me llevaría más allá del siguiente pueblo sin esperar más. Estaba contenta de estar lejos de Wichita, aunque sabía que mis hermanos me podían rastrear fácilmente; solo tenían que seguir los pasos del autobús. Me había ido desde hace seis días ya y esperaba que la nota que dejé, diciéndoles que me iba a quedar en el pueblo con mi amiga, Rachel, detuviera su búsqueda por unos días. Para este momento, sin embargo, tenían que saber que había desaparecido. Vendrían por mí, estaba segura de eso. Con cinco hermanos mayores, ninguno casado, nadie más iba a cocinar y a limpiar. Ninguna mujer parecía ansiosa por casarse con todos ellos, entonces necesitaban a alguien que se hiciera cargo de todo. O sea, yo. No tenía intención de ser su esclava. No podía encontrar a mi propio esposo si estaba demasiado ocupada haciéndome cargo de ellos.

Además de todo eso, eran ridículamente sobreprotectores. Persiguieron a cada posible pretendiente con sus miradas oscuras, palabras cautelosas y rifles cargados. No dudaban en dispararle a los pies del hombre para que se moviera si permanecía demasiado tiempo cerca de mí.

Yo tenía veintidós años y estaba a punto de ser una vieja criada, pero ellos solo me veían como su hermana pequeña. ¡Ni siquiera he sido besada! Demonios, ellos no han dejado que un hombre se me acerque lo suficiente para sacudir mi mano, mucho menos poner sus labios sobre los míos.

Mientras que ninguno de ellos era cruel y sabía que me amaban, quizás me amaban demasiado. No necesitaba ser protegida y definitivamente no necesitaba convertirme en su criada. Ellos necesitaban sus propias esposas y yo necesitaba mi propia vida. Un esposo.

Así que guardé un poco del dinero de la casa en secreto, lentamente pero seguro, hasta que tuve suficiente para un boleto de autobús. Desafortunadamente, no me llevaría demasiado lejos... y esa distancia parecía ser el siguiente pueblo.

Miré a través de la ventana; praderas hasta donde alcanzaba a ver. Estaba acostumbrada a eso viviendo en las afueras de Wichita, pero por ahora no había un pueblo de su tamaño cerca. No había nada. ¿Sería capaz de encontrar trabajo? Podía encontrar trabajo como una criada, como ama de llaves, cocinera, incluso lavandera. Lo había hecho todo y no me oponía al trabajo duro, podía hacerlo. Preferiría encontrar una cantina y un juego de cartas, pero no podía ser muy exigente si no tenía dinero. Al menos estaba cálido en esta época del año; podía dormir debajo de las estrellas si lo necesitaba. Había hecho eso antes también.

El autobús se sacudió y puse la mano afuera instintivamente como para no chocar contra la pared. La cabeza de la otra mujer se volteó a un lado y estaba impresionada de su capacidad para dormir tan profundamente. Ella se presentó cuando se unió a mí en la Ciudad de Dodge. La señorita Patricia Strong, una novia por correo. Ella se dirigía a un pueblo pequeño en Colorado, Slate Springs era el nombre, para conocer a un esposo nuevo. Un esposo con el que fue enlazada a través de una agencia. No podía imaginarme casándome con un extraño, pero sabía que las mujeres luchaban de maneras que los hombres no hacían. Era tan encantadora con su cabello y ojos pálidos y su comportamiento amable, tuve que imaginarme a los pretendientes que la rodeaban como abejas a una flor. Si ella tenía que ofrecerse de voluntaria para ser una novia ordenada por correo, ¿qué esperanza había para mí?

Yo tenía el cabello rojo. ¡Rojo! Era como el fuego y

todos decían que tenía la personalidad a juego. Estaba impresionada con la capacidad de Patricia para hacerse cargo de su vida, para decidir un camino y seguirlo. Encontrar un esposo cuando uno no venía a buscarte. O en mi caso, no podía. No con una cerca de hermanos en el camino.

El autobús se sacudió otra vez. Puse los ojos en blanco y suspiré, deseando gritarle al chofer del autobús, aunque no era su culpa que hubiera surcos profundos en el camino. Por fuera de la esquina de mi ojo, vi a Patricia deslizarse a los lados, inclinándose hacia adelante como si fuese a caerse. Me acerqué, agarré su hombro antes de que golpeara el suelo de madera sucio.

"¡Patricia!", grité, poniendo su espalda derecha, su cabeza acomodándose en la esquina de una manera extraña.

La mujer no se despertó, no puso sus brazos afuera para sostenerse. Ni siquiera se movió.

Me puse de pie, poniendo una mano sobre la pared para no caerme, y me incliné sobre ella. Sabía que el viaje era agotador, pero esto era un sueño profundo. Demasiado profundo.

Fue entonces que me di cuenta de que no estaba durmiendo. Estaba muerta.

"¡Detengan el autobús!", grité, alejándola de la pared. "¡Detengan el maldito autobús!"

Tumbándome en el asiento enfrente de Patricia, golpeé la pared que me separaba del chofer mientras me quedaba mirando fijamente con los ojos y la boca abierta.

Ella estaba muerta.

Sabía que no era de muy femenino maldecir, pero si alguna vez había un momento para hacerlo, este lo era. "Santo jodido infierno. A la mierda, esto es malo". Seguí murmurando cada mala palabra que alguna vez había escuchado decir a mis hermanos mientras solo miraba a Patricia.

Estaba pálida, blanca incluso. Sus labios ya no estaban rosados, sino de un color gris extraño, como si todo su color se hubiese desaparecido. Su cuerpo estaba flácido y se sacudió cuando el autobús se detuvo. Tuve que poner mi mano afuera para evitar que cayera sobre mí una vez más. Temblando la puse derecha otra vez.

Una vez que nos detuvimos, abrí la puerta y salté hacia abajo, luchando con mi falda antes de tropezar y aterrizar de rodillas en la tierra.

"¿Qué demonios, mujer?" El chofer del autobús saltó de su asiento y escupió jugo de tabaco en la hierba alta, manos en la cintura.

Me di vuelta, señalé con un dedo tembloroso hacia la puerta abierta y al cuerpo postrado de Patricia.

Tragando con dificultad, respiré profundo. El sol se posaba sobre nosotros y sentí el sudor cubrirme la frente. "Ella está muerta".

El chofer me miró como si estuviese bromeando con él. Cuando no me levanté del suelo, caminó hacia la puerta abierta y miró hacia adentro.

"Maldición", maldijo él, después levantó la mirada al cielo. Fue como si le estuviera preguntando a Dios silenciosamente por qué la mujer estaba muerta, en su autobús. "Estaba bien hace dos horas. ¿Qué demonios le pasó?"

Se quitó su sombrero, se llevó los dedos por todo su cabello sudado. Tenía unos cuarenta años con una barba canosa y le faltaban algunos dientes. Estaba desgastado por los viajes, en cuerpo y alma, asumía que Patricia no era su primer cuerpo muerto.

Era el mío, sin embargo, y estaba contenta por el suelo duro debajo de mí. Nunca había sido considerada delicada, pero nunca antes había tenido a nadie muerto delante de mí, especialmente alguien tan joven como Patricia.

Mientras negaba con la cabeza, respondí: "¿Cómo demonios deberían saberlo?"

La ceja del chofer se levantó con mi uso de la palabra "demonios". Eso no era nada. Ser criada por hermanos me había enseñado unas cuantas cosas poco femeninas.

"No tengo idea", añadí, respondiendo su pregunta finalmente. "Estábamos dormidas y ella simplemente no se despertó".

Frunció el ceño, escupió en el suelo otra vez. "Las personas simplemente *no* se despiertan. No a su edad. Demonios, no puede tener más de veinte años". Sacudió sus manos en el aire como si eso ayudaría, como si discutir conmigo cambiaría algo. No importaba *cómo* murió. No era como si pudiéramos arreglarlo, o ella.

"Bueno, definitivamente no va a despertar", contesté. El viento soplando sobre la grama, el canto de los saltamontes parecía tan normal, como si no tuviésemos que descubrir qué hacer con una mujer muerta.

"Bien, vámonos entonces". Se metió en el autobús.

"¿Qué? ¿Simplemente la vas a dejar aquí?" Mi voz sonó alta y aguda, mi mareo creciendo ante la actitud casual que este hombre tenía por los muertos.

Suspiró, negó con la cabeza mientras se alejaba del autobús.

"Sentarse aquí a charlar no la va a poner más fresca", gruñó él. "Tendrás que quedarte en el autobús con ella hasta que lleguemos al próximo pueblo, donde te vas a bajar".

Miró a la mujer muerta otra vez, después a la pradera inmensa, probablemente listo para cambiar de opinión.

"A pesar de que no tengo ningún interés de pasar ni un

segundo más en el autobús con un cuerpo muerto, simplemente no es honorable ni lo más mínimamente cristiano dejarla afuera para que se pudra".

"Yo también espero que haya una funeraria en el próximo pueblo", gruñó él, escupiendo en la grama.

Pobre mujer. Patricia era—había sido—tan valiente. Mientras compartía la historia, en realidad estaba un poco celosa. Saber que un hombre la estaba esperando al final de su destino era bastante envidiable. Alguien que la quisiera lo suficiente para publicar un anuncio y pagarle el viaje. Alguien que estaba verdaderamente ansioso por ella.

Y después estaba yo, sin hogar y sin recursos tan pronto como llegáramos a la siguiente parada. Ningún hombre. Ningún esposo. No—

Una idea se formó en mi cabeza, haciendo que mi corazón diera un salto. Patricia tenía a un hombre esperando por ella. Un esposo. Alguien que quería una esposa. A él no le importaba quién particularmente porque había escogido una novia por correo. Una extraña. *Yo* podía ser la novia por correo. Podía tomar el lugar de Patricia.

Podía funcionar. *¿No es así?* ¿Estaba bien aprovecharse de una mujer muerta? Me quedé de pie con piernas temblorosas y miré el cuerpo muerto de Patricia, después aparté la mirada. Ella ya no estaba en este mundo y no le importaría.

Ella no me culparía. En el infierno y la muerte, las mujeres tenían que tomar ventaja de lo que les era dado.

"Está bien. Me quedaré atrás con ella", le dije al chofer.

Levanté mi barbilla hacia arriba, me encontré con la mirada afilada del hombre mientras caminaba por el autobús, eché un vistazo, después alcancé mi pequeño bolso. "Pero tú me llevarás a donde iba la Srta. Strong".

"Llevarte..." Se colocó su sombrero de vuelta sobre su

cabeza, escupió sobre la grama de nuevo. "Sé lo que estás tramando".

"¿Ah sí?", pregunté. "¿Y qué es eso?"

"Vas a tomar su lugar".

"Saqué mi arma de mi bolso, la apunté hacia él. Levantó sus manos lentamente.

"Y tú ibas a dejar a un pasajero afuera de la pradera para los lobos", discutí.

"Ahora no hay necesidad para un arma". Me miró. No con miedo, sino con suspicacia. "¿Qué tipo de señorita eres tú?"

"El tipo de señorita que tiene cinco hermanos mayores. Un arma añade cierto nivel de... seguridad de que tú harás lo correcto para mí y me llevarás a Pueblo y al hombre con el que ella se iba a casar".

"¿Y lo correcto es dejarte convertirte en la esposa de un extraño?"

Obviamente, sabía más de Patricia que de lo que sabía de mí.

"El hombre que está esperando en Pueblo solicitó a una mujer, no específicamente a la Srta. Strong. Escuche, Sr... um, chofer". No tenía idea de su nombre. "Mis hermanos me enseñaron un par de cosas además de disparar". Me encogí de hombros ligeramente, pero el arma ni siquiera se movió. "Me enseñaron a tomar una oportunidad cuando cae en mi regazo".

Incluso cuando era un cuerpo muerto.

¿Quería yo casarme con un hombre que nunca había conocido? Patricia lo iba a hacer. ¿Por qué yo no podría? Es lo que yo quería, mi propio hombre, tener hijos algún día. Pero no sabía nada de él. ¿Y si es viejo o si ya tiene siete hijos? ¿Y si es malvado? ¿Un borracho? Bueno, podía simplemente dispararle. Eso lo pondría en su lugar.

El chofer pensó por un momento, rascó la parte posterior de su cuello, después negó con la cabeza lentamente. "No me importa que sea de una forma u otra. Su viaje fue pagado y preferiría no tener que explicarle al hombre cuando llegue a Pueblo que su esposa simplemente se murió".

Bajé el arma entonces. "Entonces nos haremos un favor el uno al otro".

Caminó hacia la parte delantera del autobús, se alzó a sí mismo. Bajó la mirada hacia mí antes de meterse en el asiento grande, después señaló hacia el autobús. "Vamos a dejar el cuerpo de la Srta. Strong en la siguiente parada y no vamos a esperar su entierro. Tengo un itinerario que seguir y tú tienes un hombre por conocer".

A pesar de que ver que la mujer fuera enterrada apropiadamente era lo correcto, sabía que no podía discutir. Me estaba ganando un esposo.

2

ℒANE HASKINS

"No lo puedo creer", murmuré. He visto unos cuantos en mi vida, pero esto... Nunca lo olvidaré. "Esta tiene que ser la cantina más sucia y sórdida del pueblo".

"Buscamos en cualquier otra parte", respondió Spur, quitándose su sombrero, llevándose las manos por su cabello oscuro.

A pesar de que llegamos un poco tarde para encontrarnos con el autobús, Patricia Strong no estaba allí esperándonos. Como la hora de llegada del autobús variaba considerablemente dependiendo del clima o de la sobriedad del chofer, nos dispusimos a llegar un día más temprano. Mi mina en Jasper se estaba convirtiendo en un dolor de cabeza; el último fiasco con las vigas de madera retrasó nuestro viaje por la montaña hasta esta mañana. El dueño del negocio del pueblo dijo que el autobús había llegado, por supuesto, una hora más temprano, lo cual significaba que teníamos que encontrar a nuestra novia en el alboroto de Pueblo. Fue más difícil de lo que esperábamos porque ella no estaba en ninguna guarida femenina, tomándonos más de una hora para encontrarla. Para hacerlo en una maldita cantina.

Nos quedamos parados unos cuantos metros dentro de la entrada y observamos como nuestra esposa, con el cabello del tono rojo más hermoso que haya visto, ganaba una mano de póker contra no solo dos ni tres, sino cinco hombres. Pude ver una escalera real extendida delante de ella. Estaba apostando en una cantina, y ganando. Se inclinó hacia adelante y arrastró su antebrazo por toda la mesa marcada, reuniendo sus ganancias y guardándolos en un bolso que colgaba pesadamente de su muñeca. Por la forma en que se hundió, solo me podía imaginar lo que tenía ahí dentro.

"Esa es *tu* esposa", murmuré, dándole un codazo a Spur en un lado. Él era el único casado legalmente con ella a través de la compañía de novias por correo. Yo era el único que estaba legalmente casado con ella a través de la ley reciente en Slate Springs que decía que dos hombres se podían casar con una mujer, así que ella también era mía, por ley.

No sabíamos nada sobre ella además de su nombre, que era de Kansas y que iba a llegar hoy en el autobús de la tarde. Quizás el hombre que dirige el servicio de novias por correo dejó afuera el resto intencionalmente.

Por fuera de la esquina de mi ojo, vi a Spur sonreír mientras la miraba. *Yo* miraba al hombre infeliz que estaba sentado enfrente de ella. Por la forma en que su rostro se estaba tornando de un rojo oscuro y su cuerpo temblaba de la rabia, iba a hacer algo estúpido, y a nuestra esposa.

"¡Yo no voy a perder ante una mujer!" Se levantó y la señaló. Sí, a pesar de que Spur era el doctor y solía leer a las personas en su profesión, aprendí bastante a través de mis negocios. Este hombre, sin embargo, no era muy delicado.

Sus ganancias estaban ordenadamente guardadas en su bolso de señorita y tenía sus manos bien dobladas en su regazo.

Puritana. ¡Ja! Estábamos en una maldita cantina, no en una iglesia.

Los que estaban en las mesas cercanas se callaron, lo que hizo que el resto del salón se diera cuenta, no es como si no hubiesen estado observando a la hermosa mujer adelante. En cuestión de segundos, incluso el piano desafinado se quedó en silencio.

"Por la forma en que jugaste, pudiste haber perdido contra la mula del Viejo Harry que está allá afuera". Ladeó su cabeza a un lado indicando al hombre sin dientes al lado de ella. Basado en el hecho de que lucía más viejo que la tierra, asumía que él era el Viejo Harry.

Esto no era bueno. A ningún hombre le gustaba que una pequeña y bonita mujer pisoteara su orgullo con todo su dinero. Especialmente en una habitación llena de más hombres, y unas pocas chicas arriba. Pinchó al maldito oso y yo iba a tener que salvarla. Di un paso hacia adelante, listo para agarrarla y apartarla lejos del peligro. Demonios, sacarla del establecimiento y hacia mis rodillas por ser tan jodidamente estúpida. ¿Por qué no pudo esperar en la parada del autobús?

"Espera", dijo Spur, su voz baja, poniendo su mano sobre mi pecho para evitar que me moviera.

Volteé la cabeza y me puse las manos en la cintura. "¿Que espere?" Siseé. "Si esperas un poco más, tendremos que ordenar una nueva novia".

No me miró, solo se quedó mirando a la fiera de cabello rojo. Interés y algo similar a asombro se reflejaron en sus ojos.

"Podemos salvarla fácilmente. Veamos qué va a hacer".

Spur debe haber sido golpeado por el amor porque no estaba pensando con claridad.

Me llevé la mano a la parte posterior de mi cuello, negué con la cabeza lentamente. "Veamos lo que ella—"

El hombre furioso golpeó su mano sobre la mesa, haciendo que los vasos vacíos saltaran. "Devuélveme el dinero o te voy a—"

Sacó un arma de su bolso sin dejar caer ni una moneda al suelo y la apuntó al bastardo.

A pesar de que levantó sus manos y no terminó su amenaza, el bastardo no lucía preocupado. ¿Una mujer con un arma? Yo me escondería debajo de la mesa. Si ella sacara el arma de esa manera, eso es exactamente lo que haría.

"¿Qué demonios harás?", le preguntó a él, su voz dulce mientras que sus palabras estaban llenas de contrariedad.

"¿Qué tipo de señorita habla así?", incitó.

"Una señorita que te está apuntando con un arma", respondió ella, fría como un árbol de algodón en el mes de Julio.

Mierda, esta mujer era tan luchadora como parecía.

El hombre le dio una pequeña sonrisa condescendiente. "Vamos, señorita, aparta esa arma antes de que le dispares a alguien por accidente".

Antes de que si quiera parpadeara, le disparó al sombrero del hombre, a unos cuantos centímetros de su oído izquierdo. Su mano fue hacia su sombrero instintivamente, metiendo un dedo a través del pequeño orificio. Todos alrededor de él se estremecieron y se agacharon, con miedo de que fueran los próximos.

A pesar de que no me moví, juraría que mi corazón se detuvo.

"Te aseguro, cuando yo disparo, no lo hago por accidente".

Santos demonios. ¿Estábamos casados con *ella*?

Lentamente, se puso de pie, manteniendo sus ojos fijos en el hombre, caminó alrededor de la silla. Tan diminuta como era, ni siquiera me llegaba al hombro. Cómo si quiera podía sostener un arma tan pesada estaba por encima de mí. "Y ese agujero en tu sombrero fue un disparo de advertencia. Caballeros, parece que es hora de irme. Gracias por el juego".

La voz de la mujer ni siquiera vaciló. No estaba sudando. Ni siquiera una pizca de nervios. Por alguna razón inexplicable, mi pene se puso duro. Ella no solo era una fiera, era una tiradora pelirroja de buena puntería que sabía cómo jugar—y ganar—póker. Y ahora que estaba de pie, pude ver que tenía los senos más rellenos debajo de su vestido puritano.

"Maldición", susurré mientras ella se volteó hacia la puerta.

Los hombres se apartaron con una prisa impresionante cuando ella pasó. Solo había visto un comportamiento tan precavido y cauteloso de parte de un montón de hombres cuando había un perro rabioso caminando por la carretera principal de Jasper hace unos cuantos años.

Los dos Spur y yo dimos un paso atrás, dejándola salir por la puerta. Una pizca de rojo furioso fue lo último que vimos a través de la ventana antes de que continuara bajando por la pasarela, tan recatada como se podía.

Los hombres rodearon al idiota que la había confrontado, uno tendiéndole un trago de licor de whiskey, otro inspeccionando el agujero que ella le abrió en el sombrero.

"Ahora, nos vamos". Spur se puso su sombrero, abandonó la cantina y fue tras nuestra mujer, sonriendo y sacudiendo su cabeza. Sí, estaba golpeado por el amor.

"Ya era hora, joder", murmuré. "Esa es *mi* esposa". Me puse mi sombrero otra vez y lo seguí. Mi pene sabía lo que quería y la quería a *ella*. Con suerte, no seríamos disparados antes de presentarnos.

~

Dr. Spurgeon Drews

Estaba enamorado. Esto me golpeó como una avalancha de lodo, tomándome por los tobillos y arrastrándome. La mejor parte de esto era que estaba enamorado de una mujer que ya era mi esposa. Y eso lo hacía todo mejor.

Patricia Strong. Sí, el nombre le quedaba.

Siguiéndola por la pasarela, aprecié su tamaño. Pequeño. Su cintura. Delgada. Su busto. Abundante. Su cabello. Fuego brillante. Su espíritu. Salvaje. El vaivén de sus caderas. Seductor.

Tendría que enviar un telegrama a la oficina de novias por correo en Wichita y agradecerle al hombre. Ella era todo lo que quería en una mujer, pero nunca lo supe. Usualmente, prefería mujeres dulces con cabello rubio y una figura flexible. Quizás por eso es que he estado soltero por treinta y dos años. Me había atraído el tipo equivocado. Pero fue solo mirar un infierno pequeño y curvilíneo lo que me puso tan duro como un pico de ferrocarril. Ni siquiera le había hablado todavía. No la había besado todavía, no la había despojado de su ropa, ni hecho gritar mi nombre. Ni llenado con mi semen.

"*¿Tu esposa?*", pregunté a Lane, respondiendo a su comentario. Caminó a mi lado. Con el calor, estaba contento de que estábamos en el lado de sombra de la vía. Fuimos juntados como hermanos cuando teníamos ocho años y nos conocíamos lo suficiente el uno al otro para bromear con facilidad. Incluso borrachos. Incluso sobre la misma mujer.

Al menos esta vez estábamos de acuerdo. Esta nos pertenecía a los dos. Juntos. Legalmente en cualquier lugar, ella era mía. Con suerte dentro de ese bolso suyo—junto con una pistola humeante y un almacén de ganancias de póker —estaba un trozo de papel que decía que estábamos legalmente casados. Legalmente, en Slate Springs, también estaba casada con Lane.

Yo interactuaba cercanamente con mujeres más que con la mayoría de los hombres. Siendo doctor, las atendía cuando estaban lastimadas, las visitaba cuando tenían niños enfermos, traía a sus bebés cuando llegaba el momento. Veía más de ellas que incluso algunos de sus esposos. Siempre veía a las mujeres desde el lente clínico, asegurándome de que se siguiera la conducta apropiada doctor-paciente. Pero con la Srta. Strong, pensaba diferente. Pensaba... más. Con papel o no, leyes del pueblo a un lado, ella era nuestra. Vi la intención y el propósito en la mirada de Lane mientras la observaba. Lo sentí hasta la médula.

"Lil la va a amar", dije.

Lane se detuvo, forzando a que nos pasaran los que caminaban cerca de nosotros. "Probablemente, pero no quiero que se conozcan. ¿Crees que a la Srta. Strong le importe que está casada con dos hombres cuyas madres fueron unas zorras? ¿Que ahora nos hacemos cargo de la mujer que puso un techo sobre nuestras cabezas, comida en nuestros estómagos? ¿Que ella también fue una zorra y después la dueña de un burdel?"

Esto siempre lo había molestado, la forma en que su nacimiento le había arrojado un estigma. A mí también, pero yo no lo dejé agravarse como lo ha hecho él. Pero entonces su madre no solo había sido una zorra, era miserable y malvada, incluso vendiendo a su hijo a los clientes más depravados. Él no hablaba sobre eso, ni siquiera confirmó lo que le hicieron. Fue como si él hubiese amurallado esa parte de su alma. Afortunadamente, ambos nos levantamos por encima de todo, él era un dueño de mina millonario y yo era doctor. Resultamos mejor de lo que cualquiera se pudo haber imaginado y quizás lo habíamos hecho para demostrarles a todos que estaban equivocados. Pero Lil siempre creyó en nosotros, nos llevó hacia adentro. Después de que murieran nuestras madres, ella fue la única que se hizo cargo de nosotros—nos salvó—tanto como una dueña de un burdel podía con dos chicos salvajes.

"Ella maldice como tus mineros y dispara mejor que los dos, combinados. Dudo que se moleste por nuestro pasado".

"Lil sigue con nosotros. El pasado no está muerto todavía". Reconocí el tono serio en su voz. No, para Lane, dudaba que el pasado alguna vez estuviese muerto.

Pensé en la mujer corpulenta que no le había hecho falta a nadie, ahora disminuida en cuerpo debido a la enfermedad. La tristeza endureció nuestros corazones. Ella estuvo ahí para nosotros cuando más la necesitamos, y ahora era nuestro turno estar ahí para ella. Como doctor, era difícil mirarla debilitarse, especialmente porque mi trabajo era salvar a las personas. "No, todavía no".

Miré por la cuadra. La Srta. Strong se detuvo en la esquina de una calle, esperando a que pasaran carretas y caballos en la calle.

"Lil la va a amar", repetí. Las palabras no siempre eran acertadas, pero decirlas me hacía sentir mejor. Cuando Lane asintió con la cabeza, incluso a regañadientes, supe que sentía lo mismo. Lil quería conocer a la mujer que sería nuestra esposa antes de morir, pero Lane todavía se negaba a la idea.

Pero primero teníamos que reclamar a nuestra novia. La alcanzamos antes de que saliera de la pasarela.

"Srta. Strong", le dije a su espalda.

No volteó, solo miró de izquierda a derecha, esperando a que pasara una carreta con barriles de whiskey.

"Srta. Strong", dije otra vez. No estaba sorda; escuchó todo lo que le dijo el imbécil en la cantina.

Nos movimos para ponernos de pie a cada lado de ella y tomé su codo suavemente. "Srta. Strong", repetí una vez más mientras bajaba la mirada para verla.

Sorprendida abrió sus ojos verdes mientras levantaba su barbilla hacia mí, se apartó de mi agarre.

A pesar de que no estaba encantado de que se alarmara con mi tacto, estaba contento de que no sacara su arma y me disparara.

3

*S*pur

"Oh, um, sí."

Con mi mano libre, me quité el sombrero. "Yo soy Spurgeon Drews, aunque como mi nombre es largo, todos me llaman Spur. Me disculpo por no haber estado cuando llegaste. El autobús no llega tan temprano usualmente".

Sus ojos se ensancharon ligeramente mientras me miraba. Me estudió, justo como yo lo hice a ella.

"¿Spur? Un nombre intrigante. Um... sí, el chofer estaba apresurado por continuar".

Desde la perspectiva de un doctor, ella parecía estar en sus tempranos veinte años, bien nutrida, saludable, con caderas y senos para dar a luz y sostener a un bebé. Su color no indicaba ningún problema del hígado, sus ojos limpios, informándome que no era una alcohólica. No llevaba lentes, y parecía que mi única preocupación era que perdería la audición por las detonaciones de las armas.

Desde la perspectiva de un hombre, era hermosa. Sus pestañas y cejas eran tan rojas como la mata salvaje sobre su cabeza, lo cual sólo resaltaba el color esmeralda de sus ojos. Con piel pálida, pecas dotaban su nariz por la parte superior de sus mejillas. Su boca era voluptuosa, con un labio inferior regordete. Su cara era redonda y asumí que tenía un hoyuelo en su mejilla cuando sonreía. Me llegaba al hombro, haciéndola bastante pequeña, pero no le faltaban curvas. Estaba bastante ansioso por ponerle las manos encima, y mi pene dentro de ella.

Parpadeó una vez, después otra vez, y se sonrojó. "Oh, yo soy... Lo siento. Debo admitir que me agarraron por sorpresa".

"La sensación es mutua", murmuró Lane. No pude evitar notar el sarcasmo sutil en su tono, pero ella lo hizo. Sí, estaba sorprendida. Si hubiésemos sabido que ella iba a ser así de hermosa y llena de... descaro, habríamos ignorado las vigas debilitadas en la mina y dejar que todo se derrumbara sobre sí mismo.

"¿Me permites presentarte al Sr. Lane Haskins?"

Lane se quitó su sombrero. Podía decir que a él le gustaba lo que veía de cerca tanto como a mí.

"Él es de confianza, y además como lo acabas de descubrir, ingenioso", añadí. "A pesar de que no somos hermanos, fuimos criados juntos desde que estábamos pequeños".

Dejé por fuera los detalles sobre nuestras madres que eran zorras y que en vez de ser criados en una casa tradicional, crecimos en un burdel en Denver.

Lane habló, quizás antes de que le contara a ella más sobre él. "¿Tienes una maleta?" Solo cargaba su cartera pesadamente cargada.

Ella bajó la mirada, como sorprendida de que esta no

estaba con ella. "Oh, la dejé con el hombre en la caballeriza".

Asintiendo, tomé su codo una vez más, me recordó su tamaño al sentir sus delicados huesos debajo de mis dedos. "Excelente, porque necesitamos regresar allá por nuestros animales. Viajaremos a Jasper ya que permanece claro por mucho tiempo en esta época del año. ¿No estás demasiado cansada para montar después de tu viaje esta mañana?"

Lane señaló a la derecha y guio el camino hacia la caballeriza.

"No, estoy bastante bien. ¿Qué tan lejos está Jasper?"

Esquivamos y pasamos a otros en la pasarela y no pude evitar notar la forma en que otros hombres se quedaban mirando a la Srta. Strong. No, Sra. Drews, porque era mi esposa. No estaba celoso. De hecho, me pavoneaba internamente sabiendo que los hombres la podían mirar, pero Lane y yo éramos los únicos que podíamos tocar.

"Viajaremos por el cañón a través de las montañas. Deberíamos estar allá justo después de que caiga la noche, si todo sale bien".

"¿Y ahí es donde vives tú?", preguntó ella.

"Lane vive ahí". Señalé hacia él con la cabeza. "Soy el nuevo doctor en un pueblo llamado Slate Springs. Está después de Jasper, más arriba en las montañas". Mientras caminábamos por la calle, pasó un hombre montando a caballo a toda velocidad por nuestra dirección, los cascos levantando nubes de polvo, así que le di un apretón en el codo y nos detuvimos para dejarlo pasar.

"Ya veo", dijo ella mientras continuábamos.

Su respuesta simple fue lo último de nuestra conversación antes de la caballeriza. Dudaba que ella viera en lo absoluto, siendo de Kansas donde no había montañas, pero

Lane y yo estábamos impacientes por darle todos los detalles de nuestro arreglo.

"¿Tiene hambre, Srta. Strong?", preguntó Lane. "Hemos organizado un poco de comida para nuestro regreso del viaje, pero debe haber despertado un apetito jugando cartas".

Nos detuvimos enfrente de la cabelleriza; el fuerte aroma de animales salió de la entrada abierta.

Mirando hacia el sol, entrecerró los ojos hacia Lane. Era difícil saber si estaba sonrojada o si estaba demasiado caliente por el sol. Para ser Julio, estaba bastante caliente, aunque Lane y yo estábamos acostumbrados a las temperaturas más frescas de las elevaciones más altas.

El hombre de la caballeriza salió del establecimiento, nos dio un pequeño saludo, después se volvió a buscar nuestros animales.

Todavía tenía que soltarle el codo, así que la guie en las profundidades del establo. Pasamos al hombre que llevaba a uno de nuestros animales hacia afuera para ser amarrado al riel de enganche. "Necesito un momento privado con mi esposa", le dije mientras íbamos a un establo vacío y poco iluminado.

Encogiéndose de hombros, continuó sin decir una palabra. O él tenía muy pocas *charlas* con su propia esposa o no le importaba.

"Vieron eso en la cantina, ¿no es así?", preguntó ella, mirando de Lane hacia mí, luego de regreso.

"Lo hicimos", dije.

"¿Estás planeando dispararnos a nosotros?", preguntó Lane.

Ella estrechó los ojos. "¿Tengo una razón para hacerlo?"

Estiré mi mano. Esperé.

Le tomó un momento entender mi solicitud tácita. Acercándose a su cartera, sacó el arma, la colocó en mi mano. Rápidamente, revisé las balas, después metí el cañón en la parte delantera de mis pantalones.

"Con cuidado", advirtió ella. "No querrás dispararle a algo".

Pude ver los labios de Lane torcerse y tuve que aclararme la garganta para evitar reírme. "Me complace saber que estás tan preocupada por mi... cuerpo. Te aseguro, estoy sano y fuerte y todo con respecto a mi *cuerpo* está en perfecto estado de funcionamiento".

Fue su turno de aclararse la garganta, pero también apartó la mirada. Por primera vez, no estaba tan segura de ella misma. Debajo de toda la bravuconería, era una inocente. Al menos en la única manera que contaba. A pesar de que no consideraba su virginidad como un requisito, definitivamente apreciaría saber que Lane y yo seríamos los primeros en verla descubrir los placeres que podían experimentarse entre una mujer y su esposo. No, esposos.

"Eres muy hábil disparando".

"¿Ese buitre viejo?", preguntó ella.

Levanté una ceja ante su descripción del hombre que la había amenazado.

"Asumo que no comenzaste apuntando a las personas".

Negó con la cabeza. "No. Tengo cinco hermanos así que era un hecho que aprendería. Ellos alineaban botellas sobre la barandilla de una valla. *Raramente* le disparo a las personas".

Tuve que preguntarme cuántos más habían estado en altercado con ella y su arma.

"Esos cinco hermanos", comentó Lane. "¿Alguna vez le disparaste a alguno de ellos?"

Ella sonrió entonces antes de recordar. Se desapareció.

"No. Nunca lo hice, aunque quise hacerlo una y otra vez. Harry le disparó a Frank en el pie una vez, pero solo llegó al cuero y cortó su dedo pequeño. Estaba apuntando a una rama de un árbol por el granero". Negó con la cabeza. "Él dispara muy mal".

Estaba callado mientras escuchaba su historia.

"¿Estás planeando devolverme eso?", preguntó ella, mirando su arma.

"Tenemos unas cosas de las que hablar primero y me gustaría saber que estoy a salvo hasta que terminemos".

"¿Tan malo es?", preguntó ella, mordiéndose el labio, de repente preocupada. Miró alrededor del establo y se dio cuenta de que estábamos solos.

"Todo lo contrario. Admito, Patricia... ¿puedo llamarte así?"

Se mordió el labio, luego dijo: "Bueno, um, mi nombre es Patricia, pero me dicen Piper".

Piper. Un nombre inusual y le quedaba más que Patricia. "Admito, *Piper*, que estoy bastante sorprendido contigo. Y complacido de que seas mi esposa", añadí cuando vi la preocupación aparecer en su rostro.

"¿Frecuentas cantinas a menudo?", preguntó Lane, recostándose contra la pared del establo.

Ella lo miró y vi sus manos apretándose en puños a sus lados. "Necesitaba ganar un poco de dinero", contestó ella.

"¿Por qué?", preguntó él.

Piper cruzó sus brazos sobre sus amplios senos. Mi pene saltó ante la vista. Estaba seguro de que se podía ver una telaraña de venas pequeñas debajo de semejante piel tierna ahí. ¿Y sus pezones? Quizás de un color coral lujurioso. Pero ¿serían grandes o pequeños?

Levantó su barbilla. "Ustedes no estaban presentes

cuando llegué y no tenía mucho dinero para comprar comida o alojamiento".

"¿Así que le sacaste a los hombres el dinero que tanto les costó ganar?"

El rosado invadió sus mejillas ahora y sus ojos verdes bailaron con furia, apuntada directamente hacia Lane. "Puede que ellos hayan trabajado duro por ese dinero, pero yo no los arrastré a la cantina por la oreja, ni los forcé a jugar. Yo me *gané* ese dinero. Basado en el hecho de que tuve que dispararle al sombrero de ese hombre, diría que me costó ganarlo". Apenas respiró mientras hablaba, sus palabras derramándose. "Permítame preguntarle, Sr. Haskins, si alguna vez ha necesitado dispararle a alguien porque mientras que ganó con todas las de la ley, ellos se negaron a que su ego fuera herido por perder contra una hembra".

"Me desharía de mi dinero y cualquier otra cosa que desees, con placer. Por el bien de nosotros. Sin tiroteos involucrados".

La boca se le cayó y pude ver una fila derecha de dientes blancos. "Usted habla fuera de lugar".

Ahora sonaba como esa señorita puritana otra vez. Intrigante.

"Y tú te comportas fuera de lugar. No irás a cantinas a apostar. Sola. No tentarás a la suerte con hombres maleducados y peligrosos".

Sus ojos verdes se pusieron más oscuros y sus mejillas se sonrojaron. "¿Quién eres tú para decirme lo que puedo y no puedo hacer?", preguntó ella.

"Quizás ahora es el momento perfecto para contarte sobre nuestro matrimonio", interrumpí. "El pueblo de Slate Springs es bastante pequeño. La minería es uno de los principales recursos de empleo e ingresos, en consecuencia, hay un gran número de hombres en la comunidad. La proporción de hombres y mujeres es muy desigual. El año pasado, el pueblo creó una ley que permitía que una mujer tuviera más de un esposo".

Ella había estado observando a Lane de cerca hasta ahora, porque claramente él la irritaba, y por la sonrisa en su rostro, lo estaba disfrutando.

"¿Disculpe?", preguntó ella. Su pregunta fue tan puritana, aunque sabía que era todo menos eso.

"Estás casada conmigo... y Lane. En consecuencia, él puede y te dirá que ya no se te permite visitar cantinas mugrientas. Ninguna cantina en realidad".

"¿Se han vuelto locos?", preguntó ella, girando y caminando en círculos en el espacio pequeño. Cuando se daba cuenta de lo cerca que estaba llegando a nosotros dos, se detenía y nos daba la espalda, sus ojos sobre las tablas deformadas de la pared lejana.

Lane se rio. "Eso está mejor. Estaba preocupado por un minuto, Piper, de que estuvieras poseída por una señorita correcta".

Ella se dio media vuelta y estrechó sus ojos a Lane. Su cartera tropezó en su muslo y las monedas dentro tintinearon. Sí, era bueno que yo tuviera el arma.

"¡No puedo estar casada con los dos!"

"Te lo aseguro, sí puedes", contesté.

Odiaba ser el racional algunas veces. A pesar de que sabía que Lane la estaba irritando intencionalmente, él sería el que sacara la pasión de ella por esa razón. Solo teníamos que dejar que pasara su sorpresa.

"Él vive en Jasper". Señaló a Lane, después a mí. "Y tú vives en Slate Springs, como lo haré yo con mi *verdadero* esposo". Después señaló a Lane una vez más. "Estar casada *contigo* solo será en nombre".

Lane negó con la cabeza lentamente y sonrió. "Oh, no, cariño. Este no será uno de esos matrimonios. Te lo aseguro, me tomo el ser tu esposo muy seriamente. Eso significa casarse y acostarse con la novia".

4

$\mathcal{S}$PUR

Ella jadeó.

"Él se va a mudar a Slate Springs", aclaré, esperando hacer avanzar esta conversación antes de que el hombre de la caballeriza nos interrumpiera.

"Para dormir a tu lado todas las noches". Lane sonrió amplia y perversamente.

Ella me miró a mí para... ¿consuelo? "Ahora veo por qué no tengo mi arma", murmuró ella. "Eso ni siquiera se puede hacer. ¿Se puede? Quiero decir, no es... físicamente posible".

Como doctor, había visto y escuchado más que mi parte justa de cosas interesantes. Esto, sin embargo, era... fabuloso. "Como doctor, te lo aseguro, sí *es* posible acostarse con dos hombres. Al mismo tiempo".

Y quería que eso pasara pronto. Muy pronto. Quería librarla de su virginidad, ver si era tan gata salvaje en la cama como lo era afuera y tomarla junto con Lane. Uno en su vagina, el otro en su trasero.

Lane asintió en acuerdo, pero ella solo apretó sus labios y se puso de un rojo brillante para combinar con su cabello.

"Tuviste un viaje largo desde Kansas. Asumo que te dio bastante tiempo para preguntarte cómo sería nuestro matrimonio. ¿Qué esperabas?"

Se encogió de hombros. "¿Además de solo un hombre? Amor, atención. Devoción. Fidelidad. Atracción".

"Gracias por compartir eso", respondí. No era fácil de compartir, especialmente a dos hombres, dos extraños los cuales acababa de descubrir que eran sus esposos. En realidad, estaba tomando la noticia de estar casada con los dos mucho mejor de lo que esperaba. Basado en su comportamiento en la cantina y saber que tenía cinco hermanos me llevó a creer que ella no era de las que sonreía como tonta y lloraba. El histrionismo no parecía ser lo suyo.

"El amor, espero, llegará", añadí.

"En cuanto a nuestra atención, tú definitivamente conseguiste eso, cariño", añadió Lane. "No podemos quitarte los ojos de encima".

"Devoción y fidelidad son más o menos lo mismo. Los dos lamentamos no haberte buscado en la estación, pero te aseguro que estamos bastante devotos a ti, a la idea de una esposa".

"En cuanto a la atracción..." Lane se despegó de la pared y caminó hacia Piper. Se paró tan cerca que ella tuvo que inclinar su cabeza hacia atrás para mirarlo. Su mano subió y acarició su cabello, como mirando si el color era de verdad. "En cuanto a la atracción, no debes preocuparte por esa bonita cabeza tuya. De hecho, estaría feliz de demostrarlo".

Sus ojos se ensancharon justo antes de que él bajara la cabeza y la besara. El sonido que escapó de su garganta mientras los labios de él tocaban los de ella hizo que mi pene se hinchara. ¿Era ese su primer beso? Debí haber estado celoso de que Lane besara a mi esposa, pero no lo estaba. Habíamos compartido a una mujer antes, pero Piper era diferente. Solo saber que ella era nuestra la hacía *más*.

Lo supe en el segundo en que la lengua de Lane tocó sus labios, porque ella jadeó y él se aprovechó de eso. Como era su naturaleza, no iba a ser tímido, sino que la besó descaradamente. Las manos de ella se acercaron a su pecho para balancearse, pero no tenía por qué preocuparse. Lane no iba a dejar que nada le pasara a ella. Y yo tampoco.

"Mi turno", dije cuando mi paciencia disminuyó, mi voz profunda y rústica.

Lane levantó la cabeza y sonrió, apreció su rostro. Con los ojos cerrados, sus mejillas estaban sonrojadas, su boca húmeda e hinchada. Cuando sus pestañas se abrieron, me moví para ponerme de pie delante de ella, Lane apartándose de mi camino. No esperé, no le di la oportunidad para que su mente se aclarara de la excitación que se había levantado con el beso.

Cubriendo su cabeza en mis manos, me incliné hacia abajo y coloqué mi boca sobre la suya. Como ya había sido besada una vez y estaba bastante en calor con el concepto, no fui tímido. No podía, no después de verla enfrentar a un hombre furioso en una cantina ella sola. No después de mirar su hermoso rostro, conocer su comportamiento irritante, escuchar su vocabulario colorido. Todo de ella me intrigaba y quería hundirme en ello, dentro de ella.

Besando, como parecía en otras cosas, Piper tampoco era tímida. Su lengua se encontró con la mía rápidamente y el beso se volvió carnal y rápido. Mi sangre se acaloró, mi pene se hinchó, mi necesidad por ella se encendió como un tren de vapor sin frenos. No aparté mis manos de su rostro, con miedo de que la llevara a la esquina oscura de la caballeriza y le arrancara el vestido del cuerpo. Eso vendría, pero no hasta que estuviésemos en la casa de Lane en Jasper. Esta noche.

Por ahora, podía aprender algo de ella que las palabras no podían. Mis manos recorrieron su cuerpo, sintiendo las curvas suaves de ella a través de su vestido. Su cintura estrecha, sus caderas redondas, después más arriba para sentir las crestas ligeras de sus costillas y después más arriba todavía para cubrir sus senos repletos.

Ella jadeó mientras la sostenía en mis manos. Sentí su corsé, la rigidez de este soportando y levantándola, pero pude sentir lo pesados y lujuriosos que eran sus senos, incluso sentí los botones de sus pezones. Todo a la vez, sentí su cuerpo rendirse, suavizándose y relajándose, forzándome a apretar mi tacto y evitar que ella se cayera al suelo duro.

Mi pene pulsó y presionó dolorosamente contra la parte de delante de mis pantalones. Se quería salir. Sería fácil hacerlo, voltearla y presionarla contra la pared. Lane me ayudaría a levantar el borde de su vestido, a encontrar la abertura de su ropa interior. Él rompería los botones de su vestido y jugaría con sus pezones mientras yo la follaba, atravesaba su virginidad y la hacía mía.

Ella me dejaría también. Basado en la forma en que se había comportado en la cantina, no tenía miedo y eso le iba a servir mucho cuando estuviera con nosotros. Éramos hombres demandantes y sería más fácil para ella si estuviera fácilmente excitada. Si lo deseaba. Si nos deseaba a nosotros. Y gracias al cielo, lo hacía.

Un caballo relinchó en un establo cercano, haciéndome recordar exactamente dónde estábamos. Yo no tomaría a mí esposa--¡mi esposa! —en el establo trasero de una caballeriza de Pueblo la primera vez. No. Ella se merecía más que eso y la quería en un lugar donde no la dejaría levantarse. Durante días. Dudaba que me aburriera de ella por mucho tiempo. Lane tampoco lo haría. Estaba seguro de eso.

Después de levantar mis manos de sus senos a regañadientes, froté mis nudillos por su mejilla, después di un paso atrás. Sus ojos estaban abiertos ahora, su mirada desenfocada. Me agaché y me acomodé.

Lane resopló una risa. "Montar va a ser un infierno con una erección en el pene".

Como doctor, sabía que sobreviviríamos y que solo había una cura. Los dos podíamos tomar nuestros penes y liberar el semen reprimido, pero eso no es lo que queríamos. Lo queríamos todo profundo adentro de Piper, marcándola como nuestra.

Ella dejó escapar un suspiro. "Sí, veo a lo que te refieres. Atracción no es un problema".

Con eso, tomé su mano y la saqué del establo antes de que cualquiera de los dos cambiara de opinión.

Piper

Viajamos hacia una casa grande a las afueras de Jasper mientras el sol comenzaba a ponerse. En realidad, estando en las montañas, el sol se había puesto detrás de las colinas del oeste hace mucho, pero era ahora que el cielo se estaba tornando de azul oscuro a negro rápidamente. Nunca antes había estado en las montañas y no sabía que el crepúsculo podía durar por horas. Demonios, ni siquiera las había *visto* hasta esta mañana cuando el autobús se adentró en Pueblo. La belleza y robustez de ellas era increíble. Incluso todavía había nieve en los lugares encima de donde los árboles se detenían. No era nada como las plantas planas de Kansas, donde no había nada que ver sino la hierba agitándose y el cielo.

¿Aquí era donde vivía Lane? ¿Este pueblo pintoresco situado en el valle entre paredes empinadas de piedra y pinos? Y la casa... tan grande. La casa de mis padres era pequeña, y con sus seis hijos incluso más pequeña. Yo tenía mi propia habitación, siendo la única chica, mientras que los chicos compartían los otros dos. Mis padres se mudaron a una habitación pequeña detrás de la cocina cuando nací yo, pero fallecieron cuando tenía dos años. Nadie se quejaba de los confines apretados, porque mis hermanos y yo no habíamos conocido nada más. La casa de Lane, sin embargo, hablaba de su riqueza solo con el tamaño. Él no había mencionado tener dinero y se vestía sencillamente como cualquier otra persona en Pueblo en solo pantalones robustos, botas y una camisa. Spur era el único que parecía más serio con su atuendo.

Nuestro viaje desde Pueblo estuvo tranquilo, los hombres permitiéndome mis pensamientos, y estaba agradecida por ello. Mi mente estaba tan nublada. No solo me sentía culpable por tomar el rol de una mujer muerta, estaba engañando a dos hombres para que creyeran que yo era lo que estaban esperando, hombres que parecían del tipo decente. Increíblemente atractivos también.

¿Cómo terminé casada con *dos* hombres? Cuando hablé con Patricia en el autobús antes de que muriera, no dijo nada sobre dos esposos. Ella hubiese mencionado eso, de seguro. Y a pesar de que hacía calor en el autobús y perdí la concentración en algunos de sus parloteos, no hubiese olvidado ese pequeño cotilleo.

Mis hermanos definitivamente encontrarían una pista

fría. Piper Dare había desaparecido en algún lugar en el oeste de Colorado. Incluso si seguían la ruta del autobús a Pueblo, Piper Dare nunca llegó. Solo Patricia Strong y yo definitivamente no era ella. Pero Spur y Lane pensaban eso.

Y mis pensamientos volvieron a ellos, un círculo mareado. Una cosa de la que estaba segura era de la atracción entre nosotros. Éramos como agua y aceite, discutiendo en un minuto y besándonos en el otro. ¡Y el beso! No, *besos*. De seguro que los hombres sabían lo que estaban haciendo mientras que yo no.

Mientras Lane verificaba los caballos, Spur llenó una bañera de cobre colocada en el porche trasero con agua de la bomba. Estaba un tobo sobre la estufa en la cocina, y una vez caliente, la añadió a la bañera con los otros.

Me senté en una mecedora y observé sus esfuerzos, las mangas de su camisa enrolladas hacia arriba. Estaba oscuro y solo el reflejo tenue de las lámparas de la cocina y dos que él había colgado desde el porche iluminaban el área, incluyendo la bomba cercana. Yo era perfectamente capaz de cargar agua para mí misma, pero Spur no lo hubiese permitido. Así que me mecí y me quedé mirando a donde sabía que estaba la base de la montaña. Lane se acercó por la esquina y se unió a nosotros antes de que la labor de Spur estuviese por la mitad.

"Eso fue rápido", comentó Spur, vertiendo otro tobo y vaciándolo con una salpicadura ruidosa.

"Johnny Picket nos vio llegar al pueblo. Antes de que nos fuéramos, lo arreglé para que él cuidara a los animales y nos ha estado observando. Creo que está ansioso por algo de dinero".

"Quiere adular al dueño de la mina, probablemente", respondió Spur.

"Tú mencionaste que eres dueño de una mina. ¿Está cerca?", pregunté.

"Lo hago. Por ahora, al menos. Está del otro lado del pueblo", respondió Lane, señalando más allá de la base de la montaña. "La Guarida del Pirata".

Me reí. "No había notado que tenían nombres".

Me ofreció una sonrisa relajada. "Todas lo tienen".

"¿Y la historia detrás de la tuya?", pregunté, observando mientras Spur trabajaba en la bomba. Los músculos de su brazo y de su espalda se movieron y abultaron mientras lo hacía. A pesar de que el aire estaba frío, el sudor llenaba su piel y la camisa se le pegaba.

"Cuando fue descubierta por primera vez, se bromeaba que los piratas escondían su recompensa en la apertura". Se encogió de hombros. Levantó su pie para que descansara en un escalón más alto, después descansó su antebrazo sobre su muslo. "No fue mi primera elección, pero el nombre le quedaba. ¿Asumo que obtuviste el nombre Piper de alguna manera también?"

"A mis hermanos no les gustaba el nombre Patricia. Esa fue la elección de mi madre, pero ella y mi padre murieron cuando estaba pequeña, así que me llamaron como quisieron".

"¿Mencionaste cinco hermanos?"

Spur vertió el agua, colocó el tobo abajo al lado de la barandilla, entró.

"Oh, sí. Cinco. Ellos se hicieron cargo de mí, pero definitivamente no fueron maternales".

"¿Te refieres a los disparos y a las malas palabras?"

Sentí que mis mejillas se acaloraron, pero no me avergonzaría de quién era. Sí que necesitaba frenar mi lengua con el lenguaje obsceno, pero estaba contenta de ser capaz de defenderme a mí misma.

"Junto con otras cosas". Levanté la barbilla y doblé mis manos en mi regazo.

Spur regresó afuera con un tobo hirviendo, vertió el agua caliente en la bañera.

Lane se rio. "Preciosa, no puedo decidir si eres puritana o una gata salvaje".

"Vamos a descubrirlo", dijo Spur. "Hora del baño, Piper".

5

IPER

"¿Qué?" Miré alrededor. No podía ver nada además de los círculos suaves de luz de las lámparas, pero no significaba que alguien nos podía ver. "¿Aquí?"

Si yo podía escuchar el chillido de mi voz, entonces ellos también podían.

"No hay nadie por aquí, te lo aseguro", respondió Lane. "En Jasper, solo hay una breve cantidad de tiempo cuando el clima está cálido como este. Yo disfruto bañarme afuera cuando puedo".

Spur se secó las manos en una toalla que recuperó de la barandilla. "¿Nunca antes te bañaste afuera?"

"Cuando estaba pequeña, sí, pero con cinco hombres en la casa, ellos ponen la bañera cerca de la estufa en la cocina y cuelgan una cortina para darme privacidad".

Lane se acercó a mí y extendió su mano. "Definitivamente no somos tus hermanos y no necesitas privacidad con nosotros".

"¡Oh, sí que lo hago!", grité.

"¿Dónde está esa mujer valiente que vimos en la cantina?"

"¿Quieres que te dispare?"

"No estamos usando sombreros para que les apuntes a eso", dijo Spur, tocando un lado de su cabeza. "Dentro de muy poco no estaremos usando nada en lo absoluto".

No pude evitar bajar los ojos a su cuerpo.

"Y con lo que va a sobresalir, definitivamente no queremos que dispares". Lane sonrió perversamente con su comentario, mientras que Spur puso los ojos en blanco. Con todos esos hermanos, sabía exactamente a lo que se refería.

"Pero... pero apenas los conozco".

Lane tomó mi mano y me atrajo directo a su pecho. Con sus dedos debajo de mi barbilla, la inclinó hacia arriba. "Antes de que se termine la noche, nos conocerás *bastante* bien".

"¿Te gustaría que nos volteáramos mientras te desvistes?", preguntó Spur.

Lane miró por encima de su hombro y a pesar de que no pude ver a Spur, podía ver el ceño fruncido de Lane.

"Sí, por favor".

"¿Qué pasó con la atracción, preciosa?", preguntó Lane, apartándose de mí, recordando nuestra conversación después del beso en la caballeriza.

Él estuvo tan cálido presionado contra mí, sentí la piel de gallina en mis brazos por la pérdida.

"Creo que mis nervios están demasiado bien para sentir alguna".

Lane y Spur me miraron. Estaban uno al lado del otro, tan grandes y musculosos, las sombras oscuras cayendo haciéndolos increíblemente amenazantes, pero no emitían esa sensación.

"No deberías estar nerviosa con nosotros", dijo Spur. "Nunca te lastimaremos".

Me mordí el labio, de alguna manera sabiendo que decía la verdad. O eso esperaba, por lo menos.

"No estoy nerviosa por *ustedes*", dije, bajando la mirada a las tablas del piso. "Estoy nerviosa por lo que vamos a... hacer".

"Quizás es como ir al doctor, toda la preocupación de antemano".

Spur puso los ojos en blanco otra vez con las palabras de Lane, después lo golpeó en el hombro.

Lane hizo una mueca y frotó el lugar mientras Spur hablaba. "A diferencia de ir al doctor, follar se trata de sentirse bien".

Follar. Mis hermanos hablaban de eso lo suficiente. A pesar de que intentaban disfrazar sus palabras con una hermana inocente joven cerca, escuché lo suficiente. Sabía que ellos follaban zorras en las cantinas en Wichita. A otras mujeres también, y sabía algunos detalles carnales. Aunque, con algunos tenía que preguntar si eran posibles. Tal como poner un pene en tu boca. Eso parecía... raro. ¿Por qué una mujer querría hacer eso?

"Eso es cierto, cariño", añadió Lane, apartándome de mis pensamientos. "Te vamos a hacer sentir muy, muy bien".

Tragué, sabiendo que la confianza de los hombres ciertamente se extendería a sus relaciones sexuales. Y a mí.

"Agarra el jabón, nosotros nos lavaremos en la bomba", le dijo Spur a Lane. Señaló hacia la bañera con su barbilla. "Métete antes de que haga frío".

Él no esperó a que lo hiciera, solo se volteó y bajó las escaleras para pararse enfrente de la bomba, quitándose un tirante de su hombro, luego el otro, dejándolos colgar por sus muslos.

Lane vino de la cocina, jabón en mano, y se unió a Spur. Me puse de pie, congelada en el sitio, y observé mientras se quitaban sus camisas, sin hacerme caso en lo absoluto. Incluso me dieron la espalda, justo como dijeron. Tragué cuando sus espaldas esculpidas y sus hombros anchos aparecieron a la vista, la luz parpadeante de las lámparas hizo que sus pieles brillaran, los músculos flexores en contraste áspero.

Dándome cuenta de que estaba comiendo con los ojos y sabiendo que ellos solo habían sido unos caballeros por tanto tiempo con sus espaldas volteadas, me desnudé rápidamente, con los ojos firmemente sobre ellos para asegurarme de que no miraran, después me metí en la bañera. El agua estaba caliente y se sentía bien. Me quité las pinzas del cabello, puse la pequeña pila sobre la barandilla y las cambié por la barra de jabón que había dejado Spur. Con mi cabello tan largo, flotó en la superficie, después se arremolinó a mi alrededor.

"¿Cómo está el agua, preciosa?", preguntó Lane, llamándome por encima de su hombro.

Me asusté y dejé mis manos quietas con sus palabras. "Bastante bien, gracias".

Los dos hombres se voltearon y me miraron. Tragué. Mientras que el vello sobre el pecho de Lane era pálido, el de Spur era bastante oscuro y descendía hasta su ombligo, después hacia una línea que se hundía dentro de sus pantalones. Eran buenos especímenes de hombres y yo tenía bastantes hermanos para comparar. A pesar de que todavía estaba nerviosa, especialmente porque estaba sentada desnuda con solo una bañera de cobre escondiéndome, sentí ese fuerte tirón de atracción. Solo una mujer muerta sería inmune. Oh, Dios. Patricia. Ella estaba muerta y yo estaba sentada en *su* bañera con *sus* hombres. Ellos pensaban que yo era Patricia, que yo era legalmente suya, cuando no lo era. Yo no era su esposa y lo que estábamos a punto de hacer estaba lejos de ser lo correcto. Le iba a dar mi virginidad no solo a un hombre, sino a dos, ninguno de los cuales era mi esposo. Necesitaba decirles la verdad.

Las miradas de los hombres se oscurecieron. Las manos de Lane se apretaron en puños mientras me miraba fijamente. Spur se llevó una mano por la mandíbula. Desde el porche pude escuchar el raspado de su barba. Ellos me deseaban a mí. *¡A mí!* La mujer que le había disparado a un hombre en una cantina y que maldecía como una tormenta. Mis hermanos no estaban aquí para correrlos. Nadie estaba aquí para detenerlos. Por primera vez en mi vida, podía hacer exactamente lo que quisiera. Quería que me follaran. Que hicieran que mi corazón latiera con fuerza y que mis dedos se agarraran de un lado de la bañera con desdén. ¿Y si lo hacía mal? ¿Y si no los complacía? Yo solo había sido besada por estos dos y solo una vez.

La forma en que me miraron puso a descansar un poco de eso. Me habían visto y a lo menos femenino de mí en la cantina y todavía me deseaban. Unos cuantos tocamientos que pudiese haber hecho en la cama no eran nada en comparación. ¿Debería renunciar a la posibilidad de la oportunidad de descubrir lo que era ser bien atendida en la cama porque les dijera que yo no era la *verdadera* Patricia? Demonios, no. Les diría la verdad, pero no ahora. No iba a arriesgar perder esas miradas acaloradas por nada. Tendría esta noche. Mañana... bueno, me preocuparé por mañana después.

"¿Te gusta lo que ves?", preguntó Lane.

Parpadeé, concentrándome en ellos otra vez. Respiré

profundo y asentí. No me iba negar esta oportunidad a mí misma. Además, yo no soy de mentir. Bien, les estaba guardando la mentira más grande, pero lo estaba haciendo por una razón. Por una noche de sexo salvaje y dudaba que eso los fuera a lastimar mucho. Demonios, ellos dijeron que iba a hacer solo placer. Seguramente, la misma Patricia no me podía culpar.

Lane miró a Spur. "Es hora".

Spur se inclinó hacia abajo y bombeó el mango, saliendo agua del grifo. Rápidamente, enjabonaron sus pechos y rostros, quitándose el jabón con salpicaduras de agua. Después desabrocharon sus pantalones, los bajaron por sus cinturas para colocarlos alrededor de sus grandes muslos. Sus traseros eran musculosos y firmes.

Jadeé, porque no llevaban calzoncillos y sus penes quedaron liberados. Había visto los penes de mis hermanos una vez o dos, aunque de pasada y había sido bastante desagradable. Pero esto... demonios. Ambos penes eran gruesos y largos, el de Lane empujando desde un nido de rizos rubios, el de Spur negro. El pene de Lane doblado a la izquierda y la cabeza estaba acampanada y bastante ancha. El de Spur doblado erecto hacia arriba a su vejiga y cuando agarró la base con su mano llena de jabón, una gota perlada de fluido se derramó por la punta.

"A la mierda", murmuré, reposando mi barbilla sobre la orilla de la bañera.

Los dos hombres levantaron la mirada con mis palabras. Ninguno se veía molesto por mi lenguaje inapropiado. Justo lo contrario, de hecho. Sonriendo, extendieron su jabón, enjabonando y enjuagando sus... áreas bajas hasta que quedaron húmedos y muy, muy limpios. Sin ninguna manera de secarse, se subieron los pantalones a la cintura, pero no los abrocharon. Merodeando hacia mí, subieron las escaleras, pegajosos y húmedos, sus penes cubiertos solo parcialmente.

Me deslicé por la longitud de la bañera lejos de ellos, el agua derramándose por los lados. No podía salirme, porque lo único que protegía mi modestia era una pared delgada de cobre.

"¿Todo limpio, preciosa?", preguntó Lane, agachándose directamente enfrente de mí, secando una gota de agua de su barbilla, antes de aferrarse a la bañera para balancearse.

"Oh, um... sí".

Spur se arrodilló en el otro lado enfrente de Lane y sabía que podía ver mi cuerpo. Miré entre los dos, insegura sobre qué hacer. Me sentía como un ratón acorralado.

"No lo sé", respondió Lane, y usando mi cerebro aturdido en ventaja, tomó el jabón de mi mano hábilmente. "Creo que tendremos que chequear y ver".

"Chequear y—"

"Hmm, sí. Odiaríamos que te enfermes", añadió Spur, su mirada sumergiéndose debajo de la superficie del agua. Estaba agradecida por la oscuridad y solo esperaba que la mayoría de mí estuviese en la sombra.

"¿Enfermarme? ¿Por la suciedad?", discutí. "Mis hermanos estuviesen muertos desde hace años".

"Entonces podemos ayudarte con tu cabello", murmuró Lane, sus ojos recorriendo las trenzas que sabía que estaban espontáneamente salvajes.

Negué con la cabeza. "Eso está bien".

"Sí, lo está", confirmó Lane, levantando un rizo largo y jugando con la punta húmeda. Fascinado.

"¿Entonces no necesitas nuestra ayuda?", preguntó Spur, mirando a Lane por encima de mi hombro.

Tragué saliva, me lamí los labios. "No, gracias. Yo—"

Los dos hombres se pusieron de pie abruptamente. Lane se acercó y me levantó en sus brazos.

"Bien, entonces es hora de hacerte nuestra".

Grité sorprendida y me sacudí.

"Con cuidado, cariño. Estás resbalosa cuando estás húmeda como ahora", advirtió Spur. Él parecía ser el práctico del dúo, pero no le estaba diciendo a Lane que me bajara.

Agarré los hombros de Lane e intenté no hacerlo todo al mismo tiempo, porque estaban desnudos y mojados y calientes y bien musculosos. Podía sentir sus brazos sobre mí, contra mi lado e incluso mis muslos. ¡Estaba desnuda!

"No puedo esperar a descubrir todos los lugares en los que ella está resbalosa y húmeda", murmuró Lane contra mi cuello.

"¡Lane! Bájame. Esto es... oh, Dios. Por favor", grité.

Estaba luchando contra su agarre y Lane dejó de cargarme con una mano. Todo a la vez, estaba colgando y sobre su hombro como si fuera un saco de patatas. Estaba mirando abajo en la curva superior de su trasero que estaba expuesto por sus pantalones extraviados. Mis senos estaban presionados contra su espalda dura y mi trasero estaba colgando en el aire. Eso significaba—

"¡Lane!", grité.

Una mano vino con fuerza a mi trasero. Me dio un azote.

"¡Tú, toro de una sola pelota! Bájame. Ahora."

Lane se rio. "Créeme, preciosa, soy todo un hombre".

"Me gusta esa huella sobre su trasero, bien rosada", comentó Spur. Nada parecía irritarlo.

Entonces de nuevo, él no estaba lanzado desnudo sobre el hombro de alguien. No, él estaba parado ahí con la boca abierta desnuda hasta la cintura, con la piel mojada, pantalones abiertos. "Cálmate, Piper, o habrán más".

Las palabras de Spur no me hicieron calmarme en lo más mínimo. Estaba tan irritada como un tejón acorralado. Una mano frotó sobre la carne acalorada y picante y me quedé inmóvil. Pero cuando se deslizó sobre mis pliegues, me resistí.

"Shh", calmó Spur. "Está húmeda en todas partes".

"¿Húmeda? ¿De qué demonios estás hablando?"

Sentí la respiración profunda de Lane. "Puedo oler su excitación".

Me iba a morir de mortificación. "Oh, Lane, por favor, por favor bájame".

"Sabe dulce también", añadió Spur. Lo escuché chupando y después me di cuenta de que debe haber puesto sus dedos—que había deslizado sobre mi centro húmedo de mujer—dentro de su boca.

"Lane", grité, a pesar de que parecía inútil.

"No te preocupes cariño, te bajaré". Caminó hacia adentro por el pasillo. Escuché la puerta trasera cerrarse, después los pasos de Spur. "Tan pronto como te meta en la cama".

6

ANE

Piper era como un rayo brillante de sol, un trago de licor de whiskey y un oso atizado todo en cuerpo diminuto, feroz y pequeño. Demonios, me hacía reír, y yo no había hecho eso desde hace un tiempo. Entre la mierda con la mina y Lil enferma, el último año había sido todo un problema. La única persona que sabía de Lil, al menos la verdad de ella, era Spur. Mentí sobre ella por tanto tiempo, que se sentía como la verdad. Todos en el pueblo asumían que Lil era una chica trabajadora y que yo especialmente—y consistente-mente—estaba interesado en sus atenciones. Demonios, incluso Walker y Luke Tate pensaban que ella era mi amante pagada. En vez de eso, ella era una mujer con cáncer de sesenta años que se hizo cargo de Spur y de mí cuando teníamos ocho años. Nuestras madres sucumbieron a sus duras vidas como zorras y no teníamos a dónde más ir.

A los dieciséis años, nos hicimos cargo de nosotros por nuestra cuenta. Yo me dirigí a las montañas, haciendo minería, después me instalé en Jasper finalmente para cavar mi propia vena de plata. Spur se había ido al este y terminó en la escuela de medicina. Cuando Lil se enfermó, la mudé de Denver a Jasper para que estuviera cerca de mí. Incluso mandé a buscar a Spur, el cual se fue de Chicago para tratarla, aunque no había mucho que pudiera hacer. Ella se acomodó felizmente en el Cervatillo Aterrador dirigido por su amiga. No se prostituyó, no lo había hecho durante mucho, mucho tiempo, pero estaba contenta con la vida del burdel. Estaba feliz, aunque muriendo, y yo la visitaba a menudo. Mis visitas, sin embargo, no eran de naturaleza carnal. Yo no iba al burdel dos veces a la semana para follar como todos asumían.

A pesar de que encontrar a una mujer era la petición de una mujer moribunda, ni Spur ni yo nos arrepentíamos de nuestra decisión de ordenar a una novia por correo. Yo vi cómo el matrimonio organizado de los Tate había sido un éxito. Demonios, su esposa Celia era hermosa y la combinación perfecta para ellos. Ellos me metieron la idea en la cabeza, especialmente con la nueva ley en Slate Springs. Una noche que estaba borracho, se lo dije a Spur, que nos casáramos juntos, y él accedió en seguida. Y eso hizo que Lil sonriera. Lo haría una y otra vez, solo para verla feliz. Nosotros de alguna manera, quizás milagrosamente, terminamos con Piper.

Con ella desnuda y húmeda sobre mi hombro, tenía una fuerte sensación de que esto iba a funcionar muy bien. Y cuando Lil la conociera, viera que ella era un pequeño demonio, la amaría y sabía, quizás, que una pequeña intervención divina estaba involucrada.

Antes de dirigirnos a Slate Springs, nos tomaríamos un

día o dos para familiarizarnos con nuestra esposa. Comenzando conmigo colocándola en la cama. Si bien era pequeña, no se iba a romper y rebotó antes de caer sobre sus rodillas.

Ansiosa por pelear, tenía sus manos arriba, ojos estrechos y juraría que podía ver humo salir de sus orejas. Cuando mantuvimos nuestras miradas fijas sobre su cuerpo, recordó su desnudez e intentó cubrirse. Pero sus senos grandes eran demasiado para cubrir con su brazo doblado y su mano no podía esconder los rizos rojos brillantes en el ápice de sus muslos.

"¿Te enfrentaste a una habitación llena de hombres ebrios y tienes miedo de nosotros?", preguntó Spur.

"No tengo mi arma".

"Tú arrodillada sobre mi cama, toda desnuda y hermosa con un arma en tu mano puede hacerme venirme en mis pantalones. Eso sería una pena porque quiero estar bien profundo dentro de tu vagina cuando lo haga".

"¿Tienes miedo de nosotros?", preguntó Spur otra vez.

Se tumbó en la cama, sus rodillas metidas debajo de ella, su brazo todavía cubriendo la *mayoría* de sus senos.

"Tengo miedo de estar desnuda enfrente de ustedes. Yo nunca he... es raro", admitió ella.

"¿Te haría sentir mejor si nosotros también estuviéramos desnudos?", preguntó él.

No esperé a que ella respondiera, solo me agaché y me quité las botas, después bajé mis pantalones y los aparté. Yo no era modesto. Nunca lo había sido. Si verme desnudo calmaba su mente entonces estaría jodidamente desnudo. No estaba acostumbrado a una mujer modesta. Demonios, nunca antes me había acostado con una virgen. Spur parecía percibir cosas que yo no podía, así que estaba agradecido de que él estaba evitando que yo arruinara todo esto.

Spur agarró una de mis camisas que estaba colgada sobre el espaldar de una silla y se la tendió a ella. "Aquí. Ponte esto".

Se quedó mirando la prenda ofrecida, después la tomó. Mientras ponía sus brazos dentro de las mangas, sus senos quedaron fueron finalmente, apenas brevemente. Gruñí, viendo los pezones regordetes, pequeños y rosados. Se me hizo agua la boca por probar uno.

"Solo un botón", añadió Spur.

Ella levantó la mirada para verlo a través de esas preciosas pestañas rojas, pero obedeció. Levantando sus brazos, sacó la longitud de su cabello fuera de la camisa y cayó largo y húmedo por su espalda.

Ella era una diosa en mi camisa, seductora y muy tentadora.

"¿Mejor?", preguntó él.

Asintió. La camisa hizo muy poco por ocultar su apariencia y dentro de poco estaría en el suelo. Si esto la calmaba hasta que pudiéramos hacerlo nosotros mismos, entonces estaba bien.

"Bien". Spur se acercó al borde de la cama. "Ahora que tu incomodidad se fue, ven aquí y dame un beso".

De alguna manera, solo la adición de la camisa cambió a Piper de modesta a salvaje. Saltó de la cama, fue de rodillas hacia los brazos de Spur. Él la besó, al principio con los ojos abiertos, después los cerró. Se rindió al beso con tanta facilidad como lo hizo ella. Agarrando la base de mi pene, solo lo froté lentamente, calmando el dolor, mientras observaba.

"Tócame", suspiró Spur, levantando su cabeza solo lo suficiente para hablar, después se ahondó de nuevo en el beso.

Tímidamente, sus manos se movieron a su pecho, recorriéndolo, siguiendo la línea de vello hacia su ombligo. Spur metió el abdomen mientras ella hundía su dedo dentro, después comenzó a bajar más.

Él se separó del beso y la observó, esperó a que abriera sus ojos.

"Toca mi pene". Su voz se había cambiado a oscura y profunda. Estaba cerca del borde de su control. Con sus pantalones bajos sobre su cintura, los botones abiertos, la mayoría de su pene estaba expuesto, listo para que Piper jugara con él. Cuando sus dedos frotaron la cabeza ancha, él gruñó. Cuando ella removió el fluido que salía de la punta, sus ojos se cerraron y sus caderas se sacudieron.

Él no iba a durar mucho. Demonios, si los dedos de Piper estuvieran en mi pene, me correría por toda ella. Acercándome a la cama, me arrastré detrás de ella, deslizando una mano por la parte trasera de su muslo, levantando la camisa que llevaba mientras lo hacía. Viendo la huella sobre su trasero, no me pude resistir. Le di un azote otra vez casi en el mismo lugar.

Se estremeció y jadeó, me miró por encima de su hombro. "¡Lane!", gritó ella.

No pude evitar sonreír ante la mirada fingida de ofensa. Le gustó. Apostaría la mina porque se puso más húmeda por ese único pequeño azote. Podía sentir el calor saliendo de ella, respirar el aroma floral de su cabello. Cuando puse mi mano sobre las dos huellas en su piel pálida, ella arqueó su espalda, empujando la carne abundante en mi mano.

"¿Te gustó eso?", pregunté.

Ella no respondió. No tenía que hacerlo. Solo ese pequeño movimiento de sus caderas decía la verdad.

"¿Qué me dices de esto?"

Doblando mi mano, cubrí su vagina desde atrás, mis dedos hurgando dentro del calor bien pegajoso y húmedo. Al mismo tiempo, Spur introdujo su mano debajo de la camisa y cubrió sus senos. Así era como se suponía que debía ser, nuestra esposa entre nosotros, nuestras manos sobre ella, haciéndola sentir bien, aprendiendo cómo sería siempre juntos.

Con cada roce de mi mano, aprendía de su vagina. Sus pliegues sobresalían de sus labios externos gruesos y su clítoris obviamente estaba duro e hinchado. Seguí la humedad a su entrada, hice círculos e introduje un dedo. Ella estaba tan dichosamente ajustada, sus paredes internas se apretaron sobre mí hasta mi nudillo. Usando mi otra mano, aparté su cabello de su cuello—suave y sudoso contra mi piel—para exponer su cuello y besarlo por completo. Alcanzando el collar de mi camisa, lo empujé por su hombro, lamiendo y besando mientras hacía el recorrido hasta que cayó por su brazo. Incluso con un solo botón abrochado, la mano de Spur era visible, sujetando su seno, apretándolo mientras rozaba su pulgar sobre la punta endurecida.

Piper jadeó y yo me acerqué más, presioné mi cuerpo directamente contra el de ella. Podía sentir su calor a través de la tela delgada de la camisa. Con el contacto, su cabeza cayó hacia atrás contra mi hombro. Mis dedos estaban empapados con su excitación. No había duda de que estaba lista. Pero...

"El primer sabor no fue suficiente. Quiero más". La voz de Spur fue un gruñido profundo mientras bajaba su cabeza y se llevó a la boca el pezón que había estado tocando. Sus manos fueron al cabello de él, enredándose en las hebras largas, halando.

"Spur", gritó ella. "Por favor".

"¿Qué hay de mí, preciosa? Yo soy el que te está follando con el dedo".

Arqueó su espalda y prácticamente ronroneó como una gatita. "Más".

Poniéndose de rodillas sobre el suelo, Spur puso sus manos sobre los muslos de ella. Ella abrió más su entrada para él y bajó la mirada.

"Abre ese trasero, Piper, y muéstrame esa vagina. Quiero ver cómo te está calentando Lane. Puedo escuchar lo húmeda que estás. Buena chica", le dijo a ella cuando la camisa se abrió. "Hora de probar".

Inclinándose hacia adelante, puso su boca sobre ella. No podía verlo a él, pero liberé mi dedo, lo dejé que él se encargara de cuidar su vagina. Ella estaba ansiosa, pero no estaba lista para nuestros penes, necesitaba venirse primero. Ponerla toda suave e hinchada, chorreando de humedad era crucial. Nosotros no éramos pequeños y ella estaba jodidamente ajustada.

Piper comenzó a menear sus caderas, ondulándose dentro de la boca de Spur. Era una tortura para mi pene porque se frotaba a lo largo de la abertura dulce de su trasero. Con la camisa abierta, me acerqué y cubrí sus senos, finalmente sintiendo su perfección. Pesados y con forma de lágrima, llenaban mis manos. Sus pezones eran pequeños brotes apretados y muy receptivos. Ella jadeó mientras frotaba mis pulgares hacia adelante y hacia atrás sobre ellos, pero su respuesta pudo haber sido por la lengua de Spur. Muchas mujeres maldecían por sus habilidades, pero todo eso había sido práctica para este momento. No había nada más importante que ver el placer de Piper.

"Déjalo ir, preciosa. Vente sobre la boca de Spur. Déjalo beber tu excitación".

Endureciéndose en mis brazos, su respiración se contuvo. Sus ojos se abrieron y gritó, su cuerpo temblando contra mí.

"Buena chica. Eso es. Hermoso". Y lo era. Observarla mientras se venía, probablemente por primera vez, fue increíble. Saber que podía olvidar sus inhibiciones, olvidarlo todo, y rendirse a sus pasiones demostraba lo mucho que en el fondo, estaba ansiosa por nosotros. Empujando la camisa, se la quité mientras se quedaba sin aliento. Spur se retiró y se limpió la boca con el dorso de su mano. Sus jugos todavía brillaban sobre su barba y la mirada en los ojos de él era todo el indicio que necesitaba para saber que estaba complacido con ella.

"Dale un beso a Spur, preciosa".

Inclinándose hacia adelante, ella puso una mano sobre el hombro desnudo de Spur mientras lo besaba. Gimió, probablemente descubriendo el sabor de su vagina sobre su lengua. Deslizando su cabello sobre un hombro, froté su columna, cubrí su cadera mientras alineaba mi pene hacia arriba. Si me tomaba el tiempo para considerarlo, tomar por detrás a una virgen probablemente no era la manera de introducirla a follar. Pero Piper no era cualquier virgen. Ella era salvaje y definitivamente receptiva. No era tímida, sino atrevida en su pasión. Así que alineé mi pene con su entrada chorreante, empujé mis caderas hacia adelante.

Observé como los labios de su vagina se abrieron alrededor de mi pene, la cabeza abriéndola.

Ella rompió el beso y me miró por encima de su hombro, con ojos ensanchados.

"Sí, preciosa. Te voy a tomar justo así". Incliné mi barbilla. "Dale otro beso a Spur. Él se va a tragar cada grito y gemido mientras yo reclamo esta vagina ajustada y virgen".

7

ANE

EMPUJANDO hacia adentro un poco más, Spur tomó la barbilla de ella en sus dedos, volteó su cabeza hacia atrás, tragó todos sus sonidos. Su cuerpo estaba tan pegajoso e hinchado, era fácil introducirse, incluso mientras sus paredes se apretaban ajustadamente a mi alrededor. Ella se sentía tan bien y era imposible no sumergirse más profundo. El sudor me chorreaba de la frente mientras mantenía un ritmo consistente y lento para llenarla hasta que empujara esa barrera delgada. No me tardé, no la dejé pensar en el más mínimo indicio de dolor que podía causar el desgarre.

"Un pequeño pellizco, Piper", suspiró Spur, sabiendo lo que venía.

No esperé entonces, justo llevé mis caderas hacia atrás y luego me enterré profundo.

Ella sí que gritó, arqueó su espalda, pero Spur estaba ahí para calmarla. Inclinándome hacia adelante, cubrí sus senos, los cuales colgaban pesados debajo de ella. Pude sentir sus pezones apretándose contra mis manos.

Sus paredes internas temblaron y pulsaron a mi alrededor, sus caderas meneándose para acostumbrarse a estar llena.

Spur frotó su mejilla con su mano, la miró a los ojos. "¿Se siente bien tener un pene dentro de ti?", preguntó él.

Pude ver la sorpresa y el placer en la mirada de ella. Asintió, su cabello deslizándose más allá de su hombro. "Oh, sí".

"Lane va a moverse ahora, a follarte como te mereces".

Jodidamente cierto. Tomando sus caderas en ambas manos, la follé. Fui lento y cauteloso al principio, asegurándome de que no se estaba lastimando. Una vez que comenzó a empujar su trasero hacia atrás dentro de mis embestidas, supe que estaba bien. Más que eso, necesitada.

Así que le di todo de mí, los sonidos de carne chocando contra carne llenaron la habitación.

"¿Te gusta eso?", preguntó Spur, observando a nuestra esposa ser follada por primera vez.

Ella asintió, se lamió los labios, después gritó: "¡Sí!"

"Toda una pequeña cosa salvaje, ¿no es así? ¿Ves mi pene? La próxima vez que Lane te tome así, chuparás mi pene, tomándolo entre esos hermosos labios y tragándolo".

Las palabras sucias de Spur hicieron llorar a su vagina.

Mi orgasmo comenzó en la base de mi columna, viajó a mis pelotas, las apretó. No podía contenerme por mucho más. Era demasiado poderoso.

"Hora de venirse otra vez, preciosa. No me vendré antes de que lo hagas tú. Intentemos ver si puedes dejarte llevar de otra manera".

Tomando sus hombros, Spur la mantuvo inmóvil mientras yo deslizaba mis dedos a través de su humedad copiosa, después hice círculos sobre el anillo ajustado de su trasero. No esperé, solo me aseguré de que estuviera bastante resbalosa, después introduje un dedo dentro de ella cuidadosamente.

Su cabeza se inclinó hacia atrás, un gemido gutural escapándose de sus labios. Mientras la follaba con mi pene y mi dedo, Spur le hablaba.

"Qué buena chica. Sí, se siente bien tener algo en tu trasero. Dentro de poco será mi pene".

"Mierda, le gustó eso. Me acaba de apretar con esos músculos ajustados".

Spur le apartó el cabello del rostro, le sonrió.

"Tan salvaje. Tan buena. Esa es nuestra chica. Ríndete a lo que está haciendo Lane para que te puedas venir".

"Spur", suspiró ella.

"¿No quieres que tenga mi turno?", preguntó él.

"Sí", respondió ella.

"Entonces vente para Lane. Vente con su dedo dentro de tu trasero. Sí", dijo él cuando ella apretó sus músculos y gritó su alivio. El sudor floreció por toda su piel mientras ondulaba y ordeñaba mi pene.

No había nada que detuviera el orgasmo que me llegó como un tren a vapor. Tomé sus caderas fuertemente, me enterré profundo y la mantuve quieta.

Gemí mientras me venía, el calor caliente y pulsátil de mi liberación no era como nada que hubiese sentido antes. Disparé pulso tras pulso de semen profundo, llenándola, marcándola. Ella era mía y tan pronto como se recuperara de Spur también.

"Mierda, eso fue increíble", dije, saliéndome.

Mientras recuperaba el aliento, observé mi semen derramarse de ella, teñido de rosado con su sangre de virgen. Si no hubiese sentido su himen, visto la sangre, pensaría que es una zorra entrenada con la habilidad de exprimir el semen de mis pelotas. Pero no, Piper no era una zorra. Spur y yo estábamos bien familiarizados con las zorras y a pesar de que Piper era salvaje, era inocente.

Ella se dejó caer en la cama cuando Spur se puso de pie, se sacudió los pantalones.

Me aparté del camino mientras él la acomodaba sobre las almohadas. Ella ni siquiera había notado que yo le había quitado la camisa y ahora, ni siquiera era consciente de que solo una rodilla suya estaba doblada y su vagina era visible. Por primera vez, los dos Spur y yo pudimos ver el vello rojo brillante que escondía su vagina parcialmente. Todo un contraste sorprendente a su piel pálida y a sus labios inferiores rosados.

Podía decir por la forma que la estaba mirando Spur, que estaba pensando lo mismo. Yo tuve mi turno; era hora del suyo.

∽

Piper

"¿Eso es lo que me he estado perdiendo?", pregunté, lanzando un brazo sobre mi cabeza. Era imposible no sonreír. Me sentía *tan* bien. Estaba un poco inflamada entre mis piernas, pero eso no era nada en comparación a ese... placer. Me había *venido*. "Quiero hacerlo otra vez".

Ambos hombres se quedaron mirándome. Lane se veía bien satisfecho y su pene, aunque todavía duro, ya no estaba de un color enojado. Spur, sin embargo, estaba tenso y con una mirada intensa.

Levantándome sobre mi codo, torcí un dedo hacia él.

"Es tu turno, Doctor", dijo. "Tengo dolor".

Lane maldijo en voz baja.

Colocando una rodilla sobre la cama, Spur se cernió sobre mí, su pene apuntando directamente hacia mí. "¿Necesitas la atención del doctor?", preguntó él, su cuerpo recorriéndome el cuerpo.

Me mordí el labio y asentí.

"¿Dónde te duele? Muéstrame".

Estaba siendo atrevida. Lo sabía. Debería estar avergonzada de eso, pero ningún hombre estaba molesto. De hecho, Spur parecía estar muriéndose por estar dentro de mí. Su pene estaba tan duro que palpitaba. Fluido se derramaba de la punta en un flujo constante.

Doblando mis rodillas, puse mis pies sobre la cama, los separé.

Spur negó con la cabeza. "Más. Si quieres que me haga cargo de ti, entonces tienes que mostrarle al doctor dónde te duele".

Separé más las piernas. Cuando él simplemente levantó una ceja, esperando, las separé incluso más.

"No es suficiente. Agarra la parte posterior de tus rodillas y hálalas hacia tu pecho. Sí, así. Bien".

Agarrando una almohada, Spur la metió debajo de mis caderas, elevando mi trasero hacia arriba. Con mis piernas hacia atrás de una manera tan profana, podían ver todo de mí.

"Oh mi dios".

Spur se movió para colocarse de rodillas entre mis muslos separados. "¿Esto hace que te duela más o menos?"

Sus dedos se introdujeron a través de mis pliegues pegajosos, después profundo dentro de mí.

Arqueé mi espalda, mis ojos cerrándose. Después del pene grueso de Lane, sus dedos eran tan precisos, las sensaciones eran más atentas. Más agudo. Más brillante. Más caliente.

"Más", jadeé.

"¿Te duele más o quieres más?"

"Más", repetí, porque sí que me dolía más y quería lo que sea que él quisiera darme. Amaba este lado juguetón de él, porque Spur parecía ser el serio.

"¿Qué tal aquí? Si introduzco mi dedo mojado en tu pequeño y ajustado trasero, ¿tu dolor es peor?"

"¡Maldición!", grité mientras me abría. Ahí. Dios, no sabía que esto era posible o que sería tan bueno.

Escuché a Lane reírse cuando reaccioné al dedo de Spur presionando contra esa entrada prohibida y lo introducía hacia adentro. Fácilmente. ¿Quizás demasiado fácil? ¿Se suponía que esto se sentía tan extraño y tan increíble a la vez?

Me dio un azote con su mano libre y me apreté alrededor de él. "Cuide el vocabulario, paciente. Qué mal vocabulario tiene. Ese dolor parece sacar su picardía".

Asentí con la cabeza, abrí un poco los ojos para mirar a Spur. "Lo hace. Soy tan... mala".

Spur miró a Lane. "Creo que ella puede necesitar más azotes".

Lane sonrió, se arrodilló en la cama a mi lado y dejó caer su mano sobre mi trasero levantado. "¿Esto es lo que necesitas? ¿Necesitas que tus hombres se hagan cargo de ti? Spur se va a hacer cargo de tu dolor y yo te voy a amansar, chica mala".

Entre los azotes acalorados a mi trasero y los dedos

penetrantes de Spur—había usado su otra mano para sumergirse dentro de mi vagina y dobló sus dedos de alguna manera mágica—no podía contenerme y me vine. "¡Sí! ¡Sí! ¡Sí!", grité.

Colores bailaron delante de mis párpados cerrados mientras la mano de Lane cubría mi carne ardiente y Spur liberó sus dedos cuidadosamente.

"¿Todavía te duele?", preguntó él mientras dejaba ir mis piernas, las dejé caer abiertamente en la cama.

Solo pude asentir.

"Entonces solo hay una cura. Mi pene".

"Y el mío", añadió Lane, casi discutiendo.

"Sí, el doctor dice que necesitas un número de dosis de pene, administrados por una buena follada. ¿Estás lista para tu tratamiento, Piper?"

Agarré mis rodillas de nuevo y las separé, me quedé mirando el pene ansioso de Spur. "Oh, sí".

Inclinándome hacia adelante sobre su mano, Spur bajó la mirada hacia mí, sonrió amablemente, a pesar de que su cuerpo estaba tenso con necesidad.

"Créeme, esto no dolerá ni un poco".

Se introdujo entonces en un único golpe largo y lento. No, no dolió en lo más mínimo.

Arqueando mi espalda, lo tomé un poco más profundo. "Sí", suspiré.

La sensación de Spur encima de mí, dentro de mí, era diferente a Lane. Su aroma no era el mismo, la sensación de él dentro de mí, la forma en que se movía, la forma en que me tocaba. Diferente. Pero no nada peor, ni mejor. Solo igual de bueno. Mientras que Lane era insistente y quizás un poco despiadado en su forma de follar, Spur era reflexivo y enfocado, sus ojos puestos en mí todo el tiempo. Era como si él pudiera ver y sentir lo que yo necesitaba con mirarme a los ojos, observando la manera en que me quedaba sin aliento, en que mi piel se calentaba, mis caderas se meneaban, y me lo daba.

Tomando un tobillo, luego el otro, los colocó arriba sobre sus hombros. En vez de estar abierta y extendida como lo había estado antes, mis muslos estaban presionados juntos, pero el pene de Spur se deslizaba fácilmente dentro de mí, el ángulo tan diferente, tan directo que la cabeza de su pene me empujaba profundo. No podía menearme, no podía ajustarme y tuve que tomar lo que él me daba.

"¿Te gusta eso?", preguntó él.

Cada vez que me llenaba, sus caderas chocaban contra mi trasero picante donde Lane me había azotado. A pesar de que los dedos de Spur no seguían dentro de mi trasero, los nervios allí vibraron y pulsaron y estaba tan cerca de venirme otra vez.

Lancé mi cabeza hacia atrás y comencé a suplicar: "Por favor. Lo necesito. Necesito más".

Lane enrolló sus dedos en mi cabello y haló, volteando mi cabeza para que tuviera que mirarlo. Su agarre ajustado hizo que mi cuero cabelludo se despertara y mi concentración directa sobre él, incluso cuando Spur continuó saqueando.

"Te vendrás. No te preocupes, Spur te lo dará. Te dará justo lo que necesitas".

Bajó su cabeza entonces y me besó. Este no fue el beso de la caballeriza. Este fue salvaje, su lengua encontrándose y enredándose con la mía. Con su mano sosteniendo mi cabello fuertemente, no pude hacer nada sino besarlo también. Se tragó mis gritos de placer, mis súplicas, todo hasta que la necesidad confluyó y me vine. Aun así él me besaba, mientras Spur me follaba.

Me rendí, una vez que el placer se calmó, y cedí a su control, a sus fervientes atenciones. Solo entonces Lane levantó su cabeza, frotó mi labio inferior con su pulgar. Y solo entonces Spur se vino, empujando profundo y gruñendo mientras su semen me llenaba, mezclándose con el de Lane.

Cuando se retiró y me atrajo a sus brazos, mi cabeza reposando sobre su hombro, me di cuenta de que ya no me dolía. El doctor tenía razón.

8

IPER

"Dime, preciosa, cómo alguien como tú no está casada. Seguramente tienes una larga fila de pretendientes".

Tenía puesta la camisa de Lane una vez más. Solo su camisa, y sentada sobre su regazo. No estaba ni lo más mínimo modesta esta mañana. Después de lo que me hicieron, ¿cómo podía estarlo? Mientras que parecía haber un comedor lo suficientemente grande para veinte personas, él parecía preferir la mesa menos formal donde estábamos sentados ahora. Me estaba dando trozos de jamón con su tenedor. Ciertamente me podía alimentar a mí misma, pero estaba disfrutando la alegría de Lane. Estaba hambrienta por el desayuno porque había despertado un gran apetito. Me quedé dormida justo después de que Spur me reclamara por primera vez, pero recuerdo bastante bien, justo antes del amanecer, cuando me folló desde atrás cuando estábamos como cucharita. Grité tan ruidoso como un gallo fuera de la ventana abierta y eso solo hizo que Lane se despertara ansioso por su propio turno. Eran como dos niños pequeños con un juguete, deseando momentos de juego por igual.

Me tomé el tiempo para masticar y tragar para pensar en una respuesta a su comentario. Me llevó al hecho de que pensaban que yo era Patricia. Parecía que no sabían nada de ella de la agencia de novias por correo, sino su nombre. Si hubiese sabido características distinguibles, hubiese sido obvio desde el inicio de mi mentira. Mi cabello rojo no era en lo más mínimo similar al rubio de Patricia.

"Como dije, tengo cinco hermanos mayores. Ningún hombre se acercaba a diez metros de mí sin uno, o incluso dos, de ellos acompañando. Como puedes imaginarte, cuando llegaban sus rifles los asustaban".

Sentí a Lane ponerse rígido debajo de mí. "¿Tus hermanos te lastimaron?"

Me volteé para mirar a Lane a los ojos, negué con la cabeza. "Oh, no. Eso me molestaba tanto, su comportamiento ridículo, pero tenía que recordar que ellos eran protectores porque me amaban. Pero quería mi propia vida. Mi propia casa. Esposo. Hijos. No quería estar atrapada, en el estante, cuidándolos a ellos. Quería mi propio matrimonio verdadero".

"¿En el estante?", preguntó Spur. Se sentó enfrente de nosotros, sorbiendo su café, su plato vacío. Empujó su silla hacia atrás para apoyarse en las patas traseras. "¿Tienes cuántos, veintiuno?"

"Veintidós", corregí. "¿Y ustedes? Seguramente a ninguno de ustedes les ha faltado atención femenina".

No me gustaba pensar en ninguna de las mujeres con las que habían estado en el pasado. Basado en su desempeño en la cama, ellos no eran vírgenes.

"Era hora de casarse. Ya no somos jóvenes", dijo Lane,

insinuando que era hora para un bastón y una mecedora. "Con respecto a mujeres dispuestas", se encogió de hombros. "Obviamente ninguna capturó nuestro interés. Unos amigos nuestros, los Tate, ellos usaron la misma empresa de novia por correo y se casaron con Celia".

"Deben venir de visita en algún momento el día de hoy. Están ansiosos por conocerte", añadió Spur.

"¿Entonces porque salió bien con sus amigos, ustedes decidieron intentarlo?", pregunté.

"Sí, y parece haber funcionado. ¿No lo crees?"

Aquí es donde debí haberles dicho sobre Patricia. Era la transición perfecta para hacerlo. Ahora que los conocía solo un poco, no creía que me echaran, pero eran honorables y por lo que hicimos la noche anterior, y esta mañana, deseaban el matrimonio. Lo que me hicieron era para su novia, y yo no era eso.

Antes de que pudiera decir algo, Lane continuó. "Si bien las personas en Jasper conocen la ley de matrimonio de Slate Springs, técnicamente no podemos vivir aquí y compartirte como queremos. Puede ser aceptable para algunos, pero para la mayoría no. Así que voy a vender la mina y a mudarme a Slate Springs".

"¿Renunciarás a tu mina por mí?", pregunté, sorprendida. Me salí de su regazo y me recosté contra la bomba del fregadero. "Tú... tú ni siquiera me conoces".

Una ceja rubia se levantó. "Creo que nos conocemos el uno al otro bastante bien, ¿no crees?"

Me sonrojé con su significado. No pude evitarlo. Solo pensar en lo que hicimos, donde tuvo sus manos, haría sonrojarse incluso a una zorra.

"He estado queriendo venderla desde hace algún tiempo. Tengo suficiente dinero y me estoy poniendo viejo".

Probablemente él estaba entre los treinta y treinta y

cinco. ¿Por qué seguía diciendo que se sentía tan viejo?

"Tengo un comprador ahora... y una novia, así que es todo lo que había esperado".

"Yo estoy establecido en Slate Springs como el nuevo doctor. Tú y yo subiremos mañana, nos acomodaremos y Lane se nos unirá". Spur bajó su taza.

Miré a Lane de nuevo. "¿No puedes venir ahora?"

Negó con la cabeza. "Ha habido algunos problemas en la mina". Todo el humor desapareció de su rostro. En su lugar estaba una máscara dura de rabia y frustración. "Por eso es que llegamos tarde a encontrarte en Pueblo. No te preocupes, los seguiré pronto". Su mirada me recorrió posesivamente antes de que continuara: "Estoy contento de saber que estás tan deseosa por mí".

Yo *estaba* ansiosa por él. Por los dos. Me mordí el labio y los ojos de Lane se estrecharon. "¿Estás deseosa ahora, preciosa?"

Bajó la mirada a su regazo y vi la mancha oscura en sus pantalones. Oh, Dios, eso venía de mí. Pude sentir mis mejillas calentarse. "Es su culpa". Lo señalé a él, luego a Spur. "De los dos. Esto sigue saliéndose de mí".

Los ojos de Spur bajaron al borde de mi camisa. "Sí, te llenamos con nuestro semen, ¿no es así? Si se sale, no te preocupes, te llenaremos otra vez".

Eso no era por lo que estaba preocupada. De hecho, no estaba preocupada en lo absoluto. Me sentía caliente por todas partes y mis paredes internas se apretaron pensando en sus penes... otra vez. Estaba necesitada. Lujuriosa, incluso. Quería sus penes profundos adentro y llenándome por completo.

Lane se recostó en su silla. "Si quieres algo de nosotros, preciosa, todo lo que tienes que hacer es pedirlo". Sonrió. "Ni siquiera nos tienes que apuntar con un arma".

No pude evitar poner los ojos en blanco.

Spur hizo un sonido casi de gruñido y asumí que no tenía nada que ver con el comentario de sostener un arma de Lane. Teniendo a dos hombres grandes y musculosos mirándome con calor en sus ojos y penes duros en sus pantalones era una ventaja de matrimonio que jamás me imaginé. No iba a desperdiciar la oportunidad. Sí, me hacía desenfrenada, pero no me importaba. Quería a mis hombres y claramente ellos me querían a mí.

No había nada malo con eso, excepto por el hecho de realmente no estaba casada con ellos. Pero eso no estaba ni aquí ni allá cuando me quería venir. La verdad podía esperar.

Así que en vez de decir lo que quería, me volteé y miré al fregador, doblada de cintura, me acerqué atrás y levanté el borde de la camisa, exponiendo mi trasero. Mirando por encima de mi hombro, vi los ojos de los dos hombres directamente en mi vagina. Moviendo mis pies, levanté mi trasero incluso más. No había ni un centímetro de mí que no pudieran ver.

Spur gruñó otra vez. "Qué vagina tan hermosa. Amo esos rizos rojos".

"Esa es una vista hermosa, preciosa, pero ¿qué deseas?" Lane bajó el tono de voz y se frotó el pene con su mano a través de sus pantalones. Spur se inclinó hacia adelante, poniendo sus codos sobre sus rodillas para mirarme incluso más atentamente.

Me lamí los labios. "Quiero follar. Yo... lo necesito".

"¿Cuál pene quieres?", preguntó Spur.

"Ambos". ¿Mi voz siempre era tan entrecortada? La respuesta era sencilla. Anhelaba las embestidas intensas de Lane y los golpes concentrados de Spur. Me gustaba de las dos maneras y quería que me lo dieran.

Spur negó con la cabeza lentamente. "Los dos te follaremos juntos dentro de poco. Seguiremos abriendo ese pequeño trasero para nosotros, te prepararemos para ser reclamada completamente".

La idea de ellos follándome al mismo tiempo, uno en cada agujero, no parecía tan aterrador como debería. Yo *debería* salir corriendo ante la posibilidad, pero las sensaciones que ellos suscitaron con sus dedos me tenían ansiosa por un pene grueso. ¿Y los dos al mismo tiempo? Sería tan intenso. Más de su semen se derramó de mí, pero asumía que estaba mezclado junto con mi propia excitación copiosa.

"Hasta entonces, tendremos que tomarte uno a la vez".

"O..."

Miré a Lane cuando ofreció esa única palabra.

"O Spur te follará mientras tú me lo chupas a mi—"

Un golpe en la puerta de entrada interrumpió a Lane.

Me puse de pie abruptamente, me bajé la camisa. De repente me sentí desnuda y expuesta. Era una cosa que Lane y Spur me vieran comportarme tan salvaje, pero cuando el mundo exterior interrumpió, entré en pánico.

Lane se puso de pie, fui hacia la puerta por el pasillo, miró hacia atrás. "Sube y vístete, preciosa. Ese pequeño espectáculo era solo para nosotros".

Se acomodó el pene y suspiró, claramente decepcionado.

Spur vino hacia mí, me besó la frente. "Sí, esa vagina es solo para nosotros. Nadie la va a ver. Demonios, nadie te va a ver vestida así. Adelante. Probablemente son los Tates. Están aquí para conocerte, así que baja cuando estés lista".

Pude escuchar voces en la puerta de entrada, levanté la mirada a Spur. Me puse de puntillas y lo besé rápidamente. A pesar de que Lane y Spur eran protectores conmigo, y bastante posesivos, no me sentía asfixiada como lo hacía con mis hermanos. Se sentía... bien.

Cuando las voces se volvieron más altas, subí corriendo las escaleras. Con los Tates ansiosos por conocerme, yo tenía mucha curiosidad por conocer a Celia Tate, porque ella, también, era una novia por correo y casada con dos hombres.

∽

Spur

"Tenemos muchas ganas de conocer a su nueva esposa", dijo Luke Tate.

Después de que saludáramos a Celia, la llevamos arriba para que conociera y charlara con Piper. Su esposa tenía varios meses de embarazo de su primer bebé. Como su doctor, le hice unas cuantas preguntas breves sobre su bienestar, pero no me extendí. Ella era joven y saludable y tenía dos esposos para mantener un ojo fijo en ella. Si había algo mal, incluso indigestión, estaba seguro de que ellos me contarían sobre eso.

Guiamos a los hombres al salón y a pesar de que los muebles eran rígidos y formales, estiramos nuestras piernas enfrente de nosotros y nos relajamos con la familiaridad de una larga amistad—y la falta de presencia femenina. Si no fuera justo el momento después del desayuno, nos hubiese servido un trago de whiskey a cada uno.

"¿Cómo es que una mujer que nunca antes habíamos conocido, de un estado diferente incluso, es perfecta para nosotros?", pregunté, comenzando con el tema de nuestra nueva novia. Mi pene, afortunadamente, se había bajado por la llegada inesperada de nuestros amigos, pero pensar en Piper hacía que me moviera en mi asiento.

No tenía duda de que Piper era la indicada para nosotros y sabía que Lane sentía lo mismo. Es solo que me sorprendía que Walker y Luke tuvieran el mismo resultado con Celia.

Walker sonrió, encogió sus hombros anchos. Él, también, tenía el cabello oscuro y barba, pero ese era el final de nuestras similitudes. Mientras él era delgado, yo estaba formado como un barril a través del pecho. Lane siempre decía que si ser doctor no era para mí, siempre podía ganarme la vida como un luchador. Había hecho mi parte justa de eso sin ningún tipo de pago.

"Es memorable. Supimos que Celia era nuestra desde el minuto en el que se bajó del tren".

"Estaba jodidamente frío esa noche", añadió Luke. "No fue un sufrimiento *calentarla*".

Cuando ni Lane ni yo comentamos, los dos nos miraron.

"¿No están satisfechos con ella?" Walker bajó la voz. "Celia era viuda, así que no hubo miedo por lo desconocido la primera noche, especialmente tomando a dos hombres".

Lane se rio entonces. "Yo no creo que Piper tenga miedo de nada".

Procedió a contarles sobre sus maneras de apuntar con armas e hizo a los otros divertirse y sacudir sus cabezas.

"Si Celia hiciera eso", Luke hizo una pausa, pensando en la posibilidad de su esposa poniéndose en peligro, "no sería capaz de sentarse por una semana".

"Si bien dudo que frenemos su fuego, sin duda estableceremos la ley cuando se trate de visitar cantinas. Todo en su debido tiempo, sin embargo. Queremos que le guste estar sobre sus manos y rodillas antes de que le demos un castigo con azotes", dije, cruzando mis tobillos.

9

$\mathcal{S}$PUR

"Sí, ella ya no necesita apostar por dinero", añadió Lane.

"¿Y Lil?", peguntó Luke, su voz poniéndose seria. "¿Dejarás de verla ahora que tienes una mujer dispuesta y caliente en tu cama?"

Lane me miró, permaneció en silencio.

Suspiré. Él se negaba a decirles a los hombres, a decirle a nadie, la verdad sobre Lil, sobre su pasado. *Nuestro* pasado. Mientras que yo había llegado a un acuerdo con mi pasado, Lane no lo había hecho. Ni a Walker ni a Luke les importaría que tuviera una zorra por madre, que crecí en un burdel, que después observé a mi madre morir lentamente por el alcohol y una vida dura. Ni tampoco les importaría que la madre de Lane no solo había sido una zorra, sino una malvada.

Ella lo golpeaba cuando él estaba pequeño, dejaba a sus clientes cerca de él antes de que yo llegara a su vida. A pesar de que nunca mencionó ser tocado por ninguno de ellos, tenía la fuerte sospecha de que lo habían hecho. Los golpes habrían sido lo mínimo que le había pasado. Sus cicatrices eran más profundas y el pasado no solo sostenía miseria, sino maldad. Sus secretos eran pesados en su alma. Para el momento en que Lil encontró a Lane, él estaba casi destruido. Casi. Quizás por eso fue que ella nos puso juntos, nos hizo hermanos, para que nos tuviéramos el uno al otro. Nuestra propia pequeña familia. Ella nos salvó a los dos, per más específicamente a Lane. Por eso era que él la protegía tan vehementemente y por lo que yo no renunciaría a su confianza.

"Piper está realmente caliente y muy dispuesta", acordó Lane. "Pero seguiremos viendo a Lil".

Era la verdad. Nosotros la *veríamos*. Yo la trataría lo mejor que pudiera, le proporcionaría la morfina que necesitara para tolerar el creciente dolor.

Walker me miró en sorpresa. "Sabía que Lane tenía una relación prolongada con ella, pero ¿tú también?"

Le eché un vistazo a Lane, el cual tenía el rostro en blanco. Él sabía cómo esconder sus emociones. "Mi... interés en ella es más reciente".

A diferencia de Lane, yo me había ido a la escuela y nunca regresé, estuve afuera durante años. Mis visitas a Lil eran nuevas, y desafortunadamente, a corto plazo.

Luke y Walker se miraron el uno al otro y sabía lo que estaban pensando. Teníamos a una esposa hermosa y dispuesta y aun así íbamos y follábamos a una zorra. Pero no podía traicionar a Lane. Hacer que los otros supieran la verdad no merecía el precio.

"Cuéntanos sobre la mina", dijo Walker, claramente interesado en cambiar de tema. No iba a intentar alejarnos de Lil. Los hombres casados tenían una amante. Era una ocurrencia común. Aceptada, incluso. No estaba en su posición discutir y apreciaba eso.

Lane despertó el tema, se inclinó hacia adelante y se colocó las manos sobre las rodillas.

El otro día, una de las vigas de madera estaba dañada. Uno de los hombres más experimentados lo notó. Fui hacia allá e inspeccioné, los otros cerca. No estoy seguro de si los pusieron mal o de si la madera estaba mala, pero estaba débil. Pudo haber habido un colapso".

Luke era dueño de la mina Confiable en Slate Springs y sabía exactamente a lo que se refería.

"¿Tienes demasiados hombres nuevos?", preguntó él. Era una pregunta válida. Sin mineros experimentados de turno, las cosas podían salir mal fácilmente, y parecía que lo hicieron.

"Siempre hay mineros nuevos, pero yo siempre tengo cuidado de mantener un balance con aquellos que han estado en mi empleo por algún tiempo. Tendré que estar más en la mina hasta que salga la venta. No quiero que el asunto, ni la mina en sí misma, colapse".

"Cierto, la venta. ¿Cómo va eso?", preguntó Walker.

"Tengo un precio justo para eso, solo estoy esperando a que se redacten los papeles".

"Pero la venta podría fracasar si se descubren obras de mala calidad", añadió Luke.

Lane se encogió de hombros. "Es posible. Solo no quiero que se lastime nadie".

Me reí, aunque secamente. "Sí, tengo suficientes negocios como este".

"Quizás estoy más ansioso de lo que pensé por vender esa mina y continuar con mi vida", dijo Lane, frotando la parte posterior de su cuello con su mano. "Mi esposa".

Sí, quizás Piper era buena para Lane. Quizás él finalmente dejaría ir el pasado y comenzaría a vivir el futuro. Teníamos el comienzo de una familia. Por la forma en que llenamos a Piper con nuestro semen en tan solo un día, de seguro vendría un hijo pronto, justo como lo había hecho para los Tate. La idea me tenía ansioso por sacar a nuestros amigos por la puerta y ponernos en marcha a hacer el bebé. Eso no sería un sufrimiento. Ni un poco.

PIPER

ME HABÍA PUESTO la ropa interior y cambiado y estaba abrochando la última parte de mi corsé cuando hubo un golpe suave en la puerta.

"Sra. Drews, es Celia".

Sra. Drews. Dios, era una mujer casada. No había olvidado nada de lo que habíamos hecho, lo salvaje que me había comportado, pero me había olvidado por completo de que tenía un nuevo nombre. No, no, no lo hice. Realmente no estaba casada con Spur. La licencia de matrimonio que encontré en el bolso de Patricia tenía su nombre claramente impreso en este. No el mío.

"Adelante", dije, agarrando mi turno de mi pequeño bolso. La ropa que llevaba el día anterior probablemente estaba afuera en el porche trasero todavía cerca de una bañera llena de agua fría.

Celia era una mujer hermosa, de cabello rubio y ojos azules. Podría haber sido la hermana de Lane con los colores similares. Parecía ser varios años mayor que yo y con una inflamación notable en su vientre. Estaba esperando un hijo.

"Tu cabello es precioso", soltó ella, después cubrió su boca con sus dedos y se rio. "Lo siento, pero el color". Suspiró. "Es tan... atrevido".

Levanté un mechón largo. Todavía tenía que amarrármelo e imaginaba que era una nube salvaje sobre mi cabeza. Estaba mojado cuando los hombres me llevaron a la cama y no me dieron la oportunidad de trenzarlo antes de dormir.

"Sí, me han dicho que mi personalidad combina".

Se llevó las manos a su vientre y las juntó. "Entonces nos llevaremos bien. Cuéntame sobre ti mientras terminas de vestirte".

Sacando un vestido bien doblado de mi maleta, lo sacudí y me metí en ello, lo subí por mis caderas antes de introducir mis brazos.

"Soy de Wichita. Yo vivo... vivía con mis cinco hermanos. No hay mucho que decir".

"¿Por qué decidiste ser una novia por correo?"

Aparté la mirada y me apegué tanto a la verdad como podía. "Me fui de casa porque mi familia era bastante prepotente. Ningún hombre se podía acercar a mí, y los que estaban interesados en cortejarme, eran amenazados. Quería mi propia familia, casa y esposo antes de que fuera demasiado vieja para tenerlo".

"¿Tu familia te dejó irte? Si no les gustaban los hombres revoloteando, seguramente no te dejarían viajar sin compañía a un estado diferente para casarte con un hombre que no conoces. Después descubriste que obtuviste dos en el trato".

"Dos fueron una sorpresa", respondí. "Y no, ellos no me *dejaron* marcharme. Técnicamente, me escapé".

"Hmm, yo también me escapé, pero por razones diferentes". Fue hacia la silla debajo de la ventana y se sentó. "Espero que no te importe", respondió, señalando a la silla con su mano. "Mis esposos me azotarían el trasero si descubrieran que estuve de pie por tanto tiempo".

La boca se me cayó con sus palabras.

"Entonces no serías capaz de sentarte", dije, antes de pensar.

Se rio. "Sí, eso es cierto. Entonces me sentaré antes de que me azoten, lo cual me hace querer estar de pie. Eso difícilmente tiene sentido, ¿no crees? Tendré que decirles esto y quizás se abstengan de azotarme hasta que nazca el bebé. Aunque... sí que me gustan unos buenos azotes".

Solo me quedé mirándola. Sabía que mis ojos estaban bien abiertos, especialmente cuando ella se rio al ver mi rostro.

"Lo siento. Me disculpo. Yo era viuda cuando me casé con Luke y Walker. Tú, asumo, acabas de descubrir lo que es estar con un hombre, u hombres, la noche anterior".

Asentí, recordándolo y abotonando mi vestido. También sentí como todavía seguía mojada entre mis piernas, prueba persistente de lo que habíamos hecho.

"A ti... um, ¿a ti te gusta ser azotada?", pregunté.

Miró a la puerta, después de vuelta a mí.

"Por Luke y Walker, sí. Es... bueno".

Fue mi turno de reírme. "¿Bueno?"

Sonrió perversamente. "*Muy* bueno".

"Pareces bastante feliz con tus esposos", observé.

Bajó la mirada a su vientre, frotó una mano sobre este. "Mi primer matrimonio fue uno infeliz con infidelidad. Sabía que Walker y Luke no eran inexpertos cuando nos acostamos, pero después de mi primer esposo, necesitaba saber que ellos serían incondicionales. Son bastante posesivos".

Miré detenidamente su rostro feliz, la redondez de su vientre. Quería eso. Una mirada que solo sus esposos le podían dar, un niño creciendo por esa razón sería el comienzo de su propia familia,

"Sí, puedo notarlo. Basado en lo que hicimos la noche anterior—" Me sonrojé ardientemente, pero necesitaba un poco de orientación y quizás Celia era la única mujer que entendería... la intensidad de estar con dos hombres, "—llegaron al matrimonio con bastantes conocimientos. No soy ingenua con respecto a eso. Cinco hermanos mayores definitivamente me enseñaron sobre los caminos de los hombres".

"¿Todos mayores?", preguntó ella, claramente asombrada. "Oh, mi dios. Estoy segura de que Lane y Spur dejarán de ver a su amante ahora que te tienen a ti".

Una amante.

"¿Ellos compartían una amante?", pregunté, mis palabras apretadas. Lane había dicho que iba en serio con nuestro matrimonio, incluso me prohibió cosas como apostar y visitar cantinas. Pero cuando les dije que quería fidelidad, ninguno respondió. Mencionaron atracción, lo cual era exuberante, pero eso no significaba que él no tendría una amante. Y Spur era igual de viril. Si me compartían a mí, entonces ¿ellos la compartían a ella?

"Todo lo que sé es que su nombre es Lil. Tus hombres no hablan de ella. Cuando Walker, Luke y yo nos casamos, nos quedamos en esta casa. Era invierno y estaba nevando y nosotros habíamos cabalgado desde Denver. Pasamos la noche aquí antes de continuar subiendo la montaña para Slate Springs. Era nuestra noche de bodas, así que Lane se fue y se quedó con Lil para darnos privacidad". Se puso de pie, se acercó a mí y me dio una palmada en el brazo. "No te preocupes. Si tus hombres son tan honorables como los míos, ella es algo del pasado".

Los celos recorrieron mis venas y estaba molesta por eso. ¿Dónde estaba mi arma? No, no podía pensar en lo que pasó antes de ayer. Levantando mi mano, le dije: "Sí, es cierto. Pero... no te preocupes. No quiero saber".

"Sí, lo entiendo", respondió ella, después levantó la mirada a mi cabello. "No debí haberla mencionado. Estoy segura de que no es nada, y por eso, me disculpo. ¿Te gustaría que suba estopor ti?"

Yo podía recoger mi cabello en un moño con facilidad por mí misma, pero reconocí la oferta por lo que era: un cambio de tema. Pero mientras ella halaba y torcía mi cabello en una especie de estilo limpio, pensé en los hombres con una amante. Ella era su secreto. Yo también tenía uno. Quizás si les decía la verdad, que yo no era Patricia Strong, les decía lo que le pasó a ella, entonces quizás entenderían. Una mujer no tenía las opciones de un hombre. No tenía recursos independientes para vivir. Demonios, probablemente mis hermanos me estaban cazando. Quería mi propia vida y tomé la opción que se presentó por sí sola. ¿No habían hecho eso Lane y Spur en algún punto?

¿Qué me podían hacer, aparte de echarme? Podían azotarme, como lo habían hecho brevemente y completamente en forma de juego la noche anterior. Podían arrastrarme a la iglesia y casarse conmigo. Pero, me podían echar. Entonces ¿a dónde iría? Sola, indigente e incluso peor que la mujer, Lil. Al menos Lil obtenía dinero de los hombres que la follaban.

No, Lane y Spur eran hombres razonables. Les diría la verdad tan pronto como se fueran los Tates, después—si se quedaban conmigo—les diría que necesitaba su fidelidad. Quería, no, necesitaba ser suficiente para ellos. Si les dijera mientras estuviera armada, quizás eso ayudaría.

10

ANE

Froté la parte posterior de mi cuello, esperando aliviar los músculos tensos y el dolor que los acompañaba. El sol estaba bien lejos detrás de las montañas, otra indicación además de mi estómago estruendoso, de que me había ido por demasiado tiempo. Uno de los chicos de la mina vino a buscarme, diciendo que había habido un pequeño derrumbe. El chico me aseguró que nadie salió lastimado, pero dejé a Piper y a Spur con los Tates mientras lidiaba con otra crisis. Solo quería la mina vendida y fuera de mis manos. Ya no la necesitaba por dinero; tenía bastante. Demasiado.

Cuando subí las escaleras y entré a la cocina, pude escucharlos a todos en la sala de estar. El aroma de carne rostizada llenaba el aire y mi estómago retumbó otra vez. Spur debe haberme escuchado porque entró a la habitación.

"¿Y bien?", preguntó él.

"Lo mismo de antes. O el soporte de las vigas en la nueva sección fue colocado mal o estaban débiles. Mañana iré a inspeccionarlos todos".

"Asumo que nadie salió herido porque no me llamaron".

Negué con la cabeza, me recosté contra el fregadero.

"Eso es bueno, al menos".

Levanté mi barbilla hacia la sala de estar. "¿Va todo bien?"

"Piper ha hecho amigos rápido. Te guardamos un plato".

Volviéndome hacia el fregadero, derramé un poco de agua y me lavé las manos. "Bien, estoy hambriento".

"No estabas solo en la mina".

A la mierda Spur y su capacidad de percepción. "Me detuve para ver a Lil". Sacudiéndome las manos, continué: "Le conté sobre Piper".

"¿Ah sí? ¿Qué dijo ella sobre eso?"

"Dijo que Piper tomaría la mayoría de mi tiempo. Se preguntaba si todavía sería capaz de ir a visitarla".

"¿Y?"

Suspiré, molesto. Como si fuera a abandonar a Lil ahora cuando más me necesitaba. Le debía todo. Mi vida. Como si dejara de visitarla por mi matrimonio.

"Y dije que por supuesto seguiría visitándola. Dije que tú también continuarías. Juntos, si Piper puede estar ocupada con Celia".

Agarrando una toalla, me sequé las manos y me volteé para mirarlo. No fue a él al que miré, sin embargo, sino a Piper, la cual estaba de pie en la entrada. Hizo una pausa por solo un segundo antes de entrar, ofreciéndome una sonrisa delgada.

"¿Todo bien en la mina?", preguntó ella.

Maldición, ¿me había escuchado mencionar a Lil? No quería explicarme con ella ahora. No cuando las cosas habían estado saliendo bien. ¿Saliendo bien? Demonios, esa era una subestimación burda. Las cosas estaban jodidamente fantásticas con Piper. Nunca me imaginé que tendríamos una mujer que fuera tan perfecta para nosotros. Parecía que le habíamos follado su resistencia. Sabía que no era permanente. Demonios, cuando supiera que le estaba guardando un secreto, probablemente me dispararía. A pesar de que Lil quería conocerla, yo no podía hacerlo. Todavía no. No quería que se involucrara con mi pasado. Mi infancia era lo suficientemente mala. Me había elevado por encima de todo, lo aparté porque dolía demasiado para pensar en ello. Las pesadillas venían con frecuencia sin ser invitadas. Podía recordar sus voces, sus gruñidos, el mal aliento, el dolor, la forma en que mi madre cerraba la puerta… sabiendo.

Estaba negado a dejar que eso tocara a Piper. Por eso es que estaba contento de casarme y compartirla con Spur. Él estaba completo. Él no había sido vendido por su madre, usado por hombres para placer enfermo. No le podía decir lo que me había pasado. Yo no hablaba de eso. Con nadie, nunca. Y si le explicaba quién era Lil, el resto sería revelado y no podía volver atrás. Nunca más.

Di zancadas por toda la sala, la tomé en mis brazos. Estaba tan caliente, tan suave, suspiré, deleitándome en su sensación. Después noté que no me estaba abrazando de vuelta, sus brazos a sus lados, su cuerpo casi rígido. "No. Tengo que regresar e inspeccionar cada maldito plisado".

"No me había dado cuenta de que *inspeccionar* también significaba *follar*. Estoy segura de que los plisados de tu amante necesitan horas de tus atenciones".

Mi mente se paralizó. "Preciosa, eso no es cierto".

Se apartó de mi abrazo, miró a Spur. Todo el color de su rostro se había ido.

"No me llames preciosa. Yo no soy tu maldita *preciosa*. No soy nada más que tu maldita esposa". Levantó su barbilla hacia arriba, sus ojos fervientes con ese fuego frío de furia. Había estado dirigida al bastardo en la cantina, pero ahora me estaba apuntando como un arma letal directamente a mí. "Ve. Ve con ella otra vez".

Había escuchado, pero malinterpretó y estaba molesta. Furiosa. Ahora sabía que maldecía cuando estaba enfadada. Pensaba que Lil era mi amante, que la estaba follando a ella. Si no estuviese tan molesta, lo hubiese considerado gracioso. ¿Por qué demonios tendría una amante cuando ella tenía la vagina más dulce y perfecta del mundo? Mierda. Yo mismo me lo busqué.

"Necesito explicarlo", respondí con simpleza.

"¿Explicar?" Sacudió la cabeza. "Por favor. Tengo suficientes hermanos para saber cómo funcionan los hombres. Sus necesidades son demasiado grandes para solo una mujer, ¿cierto? Nunca hablamos de fidelidad. Además, realmente tú no eres mi esposo. Él lo es. Tú te acuestas conmigo y con cualquier mujer que quieras". Miró a Spur, después de vuelta a mí. "Obviamente, la ley de Slate Springs le permite al hombre simplemente pegar su pene en cualquier mujer que quiera porque ya está compartiendo a su esposa. ¿No es cierto?"

"Piper", advirtió Spur.

Conocía su tono, sabía que él pensaba que ella estaba llevando esto demasiado lejos. Pero tenía razón en su molestia ya que yo aún no lo había arreglado.

Me llevé la mano por la parte posterior de mi cuello. "Lil... ella es, no es lo que tú crees".

"Sí, Lil. He escuchado sobre ella".

¿Había escuchado? Mierda. Celia. Por supuesto. Pero ellos no sabían la verdad. "No. Ella es—"

El silbato de la mina sonó, fuerte y claro, cortándome. Eso solo significaba una cosa. Desastre.

"Maldición", grité.

Miré a Spur. Su cuerpo tenso. "Mierda", añadió él.

Piper nos miró con confusión. "¿Qué? ¿Qué es ese sonido?"

"La mina. Algo pasó. Algo malo".

No quería dejar a Piper, dejar esta conversación sin terminar, pero tenía que irme. Había habido u colapso. No pudo haber sido una explosión, la habríamos escuchado, y basado en los problemas con las vigas de soporte, probablemente era un derrumbe.

Spur corrió por el pasillo y lo seguí. Agarró su bolso de la puerta de entrada, aunque si había hombres heridos, el bolso no sería suficiente para salvarlos. Luke, Walker y Celia se encontraron con nosotros, sus ojos llenos de preocupación.

"Nosotros iremos también", dijo Walker. "Celia, tú quédate aquí".

"No me voy a quedar aquí, pero me quedaré atrás, lejos de cualquier peligro", contestó ella.

"Piper, quédate con Celia. No quiero a una mujer embarazada cerca de la mina", dijo Spur.

No tuve tiempo de pensar en nada sino en lo que había pasado. En los siete años que he tenido la mina, el silbato solo había sonado una vez. Una sección había colapsado, pero ningún hombre quedó atrapado. Esta vez... demonios, con la forma en que habían fallado las vigas, solo podía imaginarme lo peor.

"De ninguna jodida manera", contestó Piper.

No podía quedarme atrás y escucharlos discutir. Corrí a

toda velocidad por la calle hacia la mina, dejándolos pelear con las mujeres. A mitad de camino, escuché a alguien corriendo detrás de mí, asumía que era Spur, pero no esperé a que me alcanzara.

El capataz corrió hacia mí, su rostro serio. "Colapso en la vena izquierda. Creemos que están atrapados cuatro hombres, pero no hemos entrado todavía".

Asentí y Spur se acercó a mi lado, respirando fuerte. El sudor cubrió mi piel y una sensación de malestar se instaló en mi estómago.

"Consígueme una linterna. Voy a entrar".

El capataz asintió y corrió.

"Yo voy a entrar contigo", dijo Spur. "Si esos hombres están lastimados..."

No dijo más. No necesitaba hacerlo. Yo estaba haciendo mi trabajo y él estaba haciendo el suyo. El capataz nos trajo una linterna de mano a cada uno.

"Espera, ¿tú no vas a entrar ahí?", preguntó Piper, halando mi brazo. No la había escuchado acercarse.

Bajé la mirada hacia ella, vi la sorpresa y preocupación en su rostro, su respiración entrecortada. Mechones gruesos de su cabello se habían salido de su moño.

"Se suponía que debías quedarte con Celia. No te puedo tener aquí".

Su cabeza se inclinó hacia atrás como si la hubieran abofeteado. "Sí, estoy consciente de eso. Aun así, ¿no puedes entrar?"

Miré la entrada rústica de la mina por encima de la mina. No era sofisticado, un gran agujero negro con vigas de soporte marcando la entrada, carriles de pistas que conducían adentro de la montaña.

"Ya está colapsada. Mis hombres están ahí. Spur es el doctor, así que él los puede tratar".

"Pero—"

Puse mi mano sobre su boca. "Hablaremos. Más tarde". Reemplacé mis dedos con mis labios, le di un beso rápido y fuerte. "Pero necesito que te vayas".

Mirando por encima de su cabeza, le hablé a Luke el cual estaba parado directamente detrás de ella al lado de Walker. "Te necesito afuera para que dirijas las cosas".

Él tenía la mina Confiable y sabía lo que necesitaba hacerse.

"Y Walker, hazte cargo de Piper. Sin importar lo que pase".

Él asintió. No eran necesarias las palabras. Él la protegería con su vida, justo como protegería a Celia de ser necesario. No veía a su esposa y afortunadamente eso significaba que ganaron el argumento. No podría vivir conmigo mismo si algo les pasara a Celia y al bebé. Los hombres en la mina conocían los riesgos de su trabajo. Celia era inocente y la quería a salvo.

"¿Listo?", pregunté a Spur, respirando profundo. Necesitaba calmar mi frecuencia cardiaca, pero sabía que era imposible.

La multitud que había respondido al silbato creció. Las mujeres estaban gritando, abrazándose una a la otra, hombres corriendo alrededor. Luke se unió al capataz y comenzó a trabajar.

Spur asintió. "Te veo pronto, Piper".

Le di una última mirada y señalé detrás de ella, indicando que quería que se fuera, antes de voltearme hacia la mina. Tan pronto como entramos a la cueva oscura, la luz del día desapareció, la calidez del sol se había ido. El aire estaba lleno de tierra, el sonido de las voces resonaba inquietante en las paredes. Hice una pausa, miré a Spur, después entré en el infierno oscuro del colapso de una mina.

~

Piper

Maldición. Mierda. Demonios. Me abrí paso a través de todas las malas palabras que gritarían mis hermanos cuando estaban molestos. *Debería* haber estado preocupada por Lane y Spur entrando a una mina, una que acababa de colapsar. Lo estaba, pero estaba templado. Estaba molesta. Hirviendo con ella, para ocultar el dolor. Era mucho más fácil estar furiosa que triste. Los hombres sabían lo que estaban haciendo y tenía que confiar en ellos con eso.

Escuchar a Lane y a Spur confirmar lo que dijo Celia. *Había* una mujer llamada Lil, una mujer que ellos compartían. Follaban.

...por supuesto que seguiré viéndola. Dije que tú también continuarías. Juntos, si Piper puede estar ocupada con Celia.

Los celos quemaban en mi estómago al pensar en ellos con una mujer, una amante, antes de que nos conociéramos, pero tenía que resignarme a eso. Ellos no eran monjes. Saber a ciencia cierta que Lane había ido a verla, durante el día mientras teníamos invitados, me rompió el corazón.

Los conocía desde hace un día. Un maldito día y estaba arruinada. Destruida por dentro. ¿Era de esto de lo que intentaban protegerme mis hermanos? ¿Hombres crueles o los caprichos de sus votos? Quería un esposo, una familia. Amor. Quería devoción. Quería fidelidad. ¿Era eso demasiado pedir? Claramente, lo era.

Yo no tenía solo un esposo, sino dos. Uno pensaría que

con dos las probabilidades de engañar serían menos, pero no. Me dolía el doble. Spur no negó que él la compartiera a *ella* con Lane y esa omisión lo hacía igual de culpable.

¿Yo era tan poco que ellos mantendrían a la otra mujer, o era algo sobe ella que era... irresistible? ¿Eso importaba?

Una vez que los hombres fueron tragados por la mina, me giré sobre mis talones y miré a Walker. "Me voy a casa".

¿Cuál era el punto de estar aquí parada? Ellos no me querían ahí. Demonios, ellos no me querían en ninguna parte. No, lo hacían. Me querían desnuda y dispuesta, ansiosa por sus penes, aunque obviamente me faltaba algo de *talento* que tenía Lil. Ellos satisfacían sus necesidades con mi cuerpo, pero encontraban algo totalmente diferente con el de Lil.

Walker solo asintió y me siguió. A pesar de que sus piernas probablemente eran el doble de largas que las mías, me dio un poco de espacio. Siendo un hombre casado, sin duda sabía cómo darle un poco de espacio a una mujer enojada.

Era bueno que nunca les dijera la verdad a Lane y a Spur sobre haber tomado el lugar de Patricia. Yo no estaba realmente casada con ellos, en consecuencia, podía simplemente marcharme. No estaba atrapada con ellos. Si no me querían por completo, entonces yo tampoco los quería. No se merecían la verdad. Sabía dónde estaba parada ahora con ellos, llevaba ventaja. Mis hermanos siempre decían, usando términos del póker, que no mostrara todas mis cartas a la vez. Murmuré y maldije mientras me apresuraba de regreso a la casa de Lane.

Celia estaba esperando en el porche de enfrente, estrujando sus manos. "¿Estás bien?", preguntó, colocando una mano sobre su vientre.

"Nunca he estado mejor", solté. Dirigiéndome a la

oficina de los hombres, una habitación por la que solo había pasado, pero que aún no había entrado, busqué mi pistola. Después de dársela a Spur en la caballeriza de Pueblo, me había olvidado de ella. Ellos ciertamente me habían distraído bastante bien. El descubrimiento de mis esposos dobles, después la noche épica de abandono salvaje, lo apartó de mi mente. Ahora, sin embargo, ahora quería la maldita cosa.

"¿Qué estás buscando?", preguntó ella, Walker detrás de ella, una mano sobre su hombro.

"Mi pistola".

"¿Por qué necesitas una pistola?", preguntó Walker, su voz cautelosa. Se movió para pararse delante de Celia.

"Ella no me va a disparar a mí", murmuró, pero Walker no se movió.

"No te preocupes, los dos están a salvo. Con respecto a sus amigos Lane y Spur, no los voy a matar a ellos", le aseguré. "Al menos no todavía".

11

IPER

La encontré en el cajón de abajo de un escritorio. "¡Ajá!"

Triunfo. Sonriendo, levanté el arma familiar, verifiqué las balas, después salí corriendo de la habitación, los dos apartándose de mi camino.

Cuando estaba a mitad de camino de las escaleras, Walker me gritó.

Miré por encima de mi hombro.

"Nos quedaremos aquí hasta que ellos regresen. No necesitas tu pistola. Te aseguro que estarás a salvo aquí con Luke y conmigo acompañándote".

Negué con la cabeza, pensando nuevamente lo que haría. "No. Voy a buscar mi maleta y después me vas a llevar a Slate Springs".

"¿Slate Springs? ¿Ahora?" Walker frunció el ceño. "¿No quieres esperar a tus esposos?"

Negué con la cabeza. "Demonios, no. Lane solo está en

este matrimonio por... ¿cuál fue la palabra que usó él? Oh, sí, mi vagina. Spur es el esposo en la licencia legal". No les dije que el mío no estaba en ello. "Mi verdadero esposo. Su casa está en Slate Springs. Si ellos me quieren, entonces pueden venir al maldito Slate Springs a buscarme".

Además, si realmente no estaba casada con ellos, tenía que ir a algún lugar donde mis hermanos no me encontraran. Si lo hacían, no solo me arrastrarían a casa y nunca me dejarían salir sin compañía, sino que me considerarían mercancía usada. Doblemente usada. No, era hora de establecerse, de hacer mi propia familia. Sin hermanos controladores, sin esposos mentirosos. Tenía habilidades de póker para hacer dinero y un pueblo lleno de mineros era perfecto. Montones de apuestas por tener. Aunque eso no iba a ser en Jasper. Me negaba a quedarme en el mismo pueblo que *ella*. Lil. Tenía un poco de dignidad.

"No creo que sea así".

"¿Qué? ¿Ellos no tienen una amante llamada Lil?"

"Mierda", murmuró él, bajando la mirada al suelo. "No mentiré, sé que ellos *tenían* una amante llamada Lil. Lane la ha visitado durante bastante tiempo. Spur, bueno, esa es una adición reciente".

Escuchar a Walker decirlo solo me hacía sentir peor, si eso era si quiera posible.

"Con respecto a ahora", se encogió de hombros. "Están casados contigo. No necesitan a nadie más".

Sí, eso debería ser cierto, pero este no era el caso.

"¿Tú tienes una amante, Walker Tate?", preguntó Celia, sus manos sobre sus caderas.

"¿Qué?", preguntó él, bajando la mirada a su esposa como si estuviera loca.

"Sabías sobre Lil y no dijiste nada, incluso cuando yo ya

sabía. ¿Tú tienes algún secreto que Spur y Lane sepan?" Levantó una ceja y esperó por su respuesta.

Vi la rabia en el rostro de Walker, después él respiró profundo, lo dejó salir. Llevó sus manos sobre la mejilla de ella, después cubrió su mandíbula. "Mujer, ¿por qué demonios necesito una amante cuando te tengo a ti? Solo quiero estar profundo dentro de ti. Todo. El. Tiempo".

"Eso es lo que Piper quiere de sus hombres", contestó ella.

"¿Por qué demonios estamos discutiendo?" Su voz retumbó. "Yo no soy el que está descarriado".

Celia sonrió entonces, se puso de puntillas y besó a su esposo. De alguna manera, el beso terminó su pequeña discusión, calmó la gran ira del hombre. "Solo quería estar segura".

Walker volteó su cabeza hacia mí. "¿Y tú estás segura sobre ir a Slate Springs?"

Asentí con tristeza. Quería lo que ellos acababan de compartir. Una cercanía, una conexión. Confianza. "Lane fue a verla esta mañana mientras yo estaba ocupada con su visita. Él dijo lo suficiente, no lo negó. Incluso dijo que seguiría viéndola y que Spur se iba a unir a él".

Los ojos de Walker se ensancharon y se llevó una mano por la barba. "Yo los conozco. Tus esposos no harían esto. Tiene que haber algún error".

"Ningún error. Me voy a Slate Springs", dije, sin querer continuar la conversación. "Donde no está Lil. Me quedaré en la casa de Spur". Me reí, dándome cuenta de algo. "Le pagan a Lil. Después de lo que hicieron conmigo la noche anterior, al menos me he ganado unas cuantas noches hospedándome en la casa de Spur".

Walker no se veía convencido. El conocía a sus amigos desde hace más tiempo, pero yo escuché la verdad directamente de ellos. No era un rumor. "Piper, creo que estás equivocada respecto a esto. Esto simplemente no tiene sentido".

"¿Realmente quieres discutir conmigo sobre esto?", pregunté.

Me estudió por un momento. "Tú ni siquiera sabes cómo llegar a Slate Springs".

Sonreí, aunque fue sin ninguna calidez. "Por eso es que tú me vas a llevar allá. Si me quieren a mí en vez de a Lil, bien. Sabrán dónde encontrarme de cualquier manera. ¿Tengo que apuntarte con mi pistola? Te prometo, soy muy buena disparando".

Levantó sus manos hacia arriba rindiéndose, asumía que era menos por mi amenaza de daño corporal que porque no quería seguir discutiendo. Él sabía que yo tenía razón, sabía que estaba justificada de estar jodidamente furiosa porque mis hombres se descarriaran.

"No, señora", respondió él, pero me señaló con un dedo. "Tus hombres te van a azotar para que no te puedas sentar por una semana. Advertencia justa".

"Pueden intentarlo".

Tomé dos escalones a la vez para recoger mis cosas.

"Pueden intentarlo", murmuré una vez más a mí misma mientras entraba en la habitación de Lane, donde la cama todavía estaba desarreglada por nuestra noche de... abandono. Fue una labor rápida llenar mi maleta; no había estado lo suficiente en la casa para sacar mucho. Estaba fuera de su vida tan rápido como llegué.

Tardamos tres horas en subir la carretera estrecha que atravesaba las montañas, por un camino empinado y volver a descender hasta un valle estrecho que albergaba el pueblo de Slate Springs. No sabía que podía estar tan arriba, ver semejante belleza rústica. Walker había ido lento con Celia en su regazo, asegurándose de que el viaje no fuera demasiado rústico para ella. Observar su conexión, incluso sin Luke con ellos, era duro de mirar. Era todo lo que quería de Lane y Spur, pero que nunca tendría.

Una vez que estábamos en el pueblo, Walker bajó su pie y se negó a llevarme a la casa de Spur. Se negó a si quiera decirme cuál era la de él. Se esperaba que me quedara con ellos porque le había prometido a mis esposos que estaría protegida.

"No puedo protegerte del otro lado del pueblo. Te quedarás en nuestra casa o te llevaré de vuelta a Jasper". Cuando vio mi expresión de rabia—porque estaba furiosa de que me hubiera engañado de alguna manera—añadió: "Este es el compromiso, Piper. No tiene nada que ver con tus esposos. Tiene que ver conmigo manteniéndote a salvo".

Él tenía razón, mi rabia no era con él y solo estaba intentando hacer lo correcto por mí. Incluso con mi pistola, no ganaría esta pelea, así que cedí y ellos me mostraron una habitación desocupada. Fue solo entonces, con la puerta cerrada detrás de mí, que me rendí a mis sentimientos. Lloré. Lloré por lo que quería, pero que nunca tendría. Lloré por las mentiras de mis hombres. Incluso lloré por Patricia. Solo lloré y esperé. En el fondo, quería que Lane y Spur vinieran a mí, que suplicaran por mi perdón, que juraran que dejarían a Lil y a cualquier otra mujer y se dedicarían a mí. Pero eso no sucedió.

Después de dos días, ellos todavía no habían venido y me pregunté, ¿habían escogido a Lil después de todo? Pensé en mi propio secreto y cómo afectó al matrimonio. Demonios, *no* había ningún matrimonio.

Pero incluso si mi nombre realmente estuviera en la

licencia de matrimonio, la rabia me recorría el cuerpo, gruesa y caliente y estaba lista para confrontar a los hombres, dispararles incluso, para dejarles saber que yo no soportaría a los mujeriegos. Solo cuando juraran ser devotos les diría la verdad. Hasta entonces, no era realmente un matrimonio de cualquier manera.

Pero no fue Spur ni Lane el que me despertó el tercer día, sino Luke. Estaba mugriento, cubierto de tierra y mugre. Su camisa estaba rota y se veía más que exhausto, habiendo cabalgado durante la noche para regresar a Slate Springs. Walker y Celia se pararon en la entrada de la habitación detrás de él.

"La mina, colapsó", dijo él, su voz cautelosa.

Saqué un chal del pie de la cama y lo coloqué sobre mis hombros. Con la alta elevación, el aire era frío en las mañanas. "Sí, estoy consciente de eso. Por eso es que Lane y Spur fueron a ayudar, por lo que tú también te quedaste. ¿Ellos están con Lil, entonces? ¿Eso es lo que viniste a decirme?"

Suspiró, negó con la cabeza lentamente. "Dios, desearía que fuera algo tan sencillo de explicar como eso. La mina colapsó otra vez mientras ellos estaban reparando las vigas malas. La entrada está bloqueada. Ha estado bloqueada desde ayer. Rocas muy grandes. No hay manera de moverlas".

La bilis me rozó la garganta. Por la mirada sombría en su rostro sabía que había más, que era mucho peor.

"No parecen haber sobrevivientes".

Me arrugué en el suelo. Era la viuda de dos hombres con los que nunca me casé.

SPUR

. . .

"No tienes que decirme lo afortunado que eres", dijo Lil. Su voz fue suave, mucho más débil de lo que alguna vez habíamos escuchado. Estaba en su cama, elevada con un número de almohadas. Su cabello, ahora gris, estaba peinado en una simple y gruesa trenza sobre un hombro huesudo. Llevaba un camisón blanco sencillo con una manta rosa pálido sobre este. Había perdido tanto peso por el cáncer, prácticamente desapareciendo delante de nuestros ojos. Después de sesenta años, sería derribada desde adentro, no por su vida dura, salvaje y en ocasiones difícil.

Mientras el resto del burdel estaba ocupado con hombres ansiosos por saciar sus necesidades a esta hora de la noche, estaba tranquilo en la habitación de Lil, ubicado en la esquina posterior del segundo piso; todos respetaban su privacidad. Ella se había mudado de Denver cuando se enfermó para estar cerca de Lane, instalándose con su amiga, Rachel, la cual dirigía el Cervatillo Aterrador. Se conocían una a la otra desde hace décadas. A pesar de que Lil no había sido una dama de compañía desde hace unos años, se sentía más cómoda en el ambiente. Era lo único que ella realmente conocía. Así que Lane, que nunca cedía ante nadie, sucumbió a sus deseos de quedarse con Rachel. A cambio, él la visitaba regularmente e incluso hizo que me mudara de Chicago.

Me senté a un lado de su cama, sostuve su mano, sentí su pulso con mis dedos mientras hablaba. Estaba estable, ahora. Dentro de poco, sin embargo, dentro de poco se acabaría.

"Sí, el colapso selló la entrada, pero no derribó todos los soportes. A pesar de que estábamos aislados, estábamos a salvo".

Las palabras de Lane hicieron que la boca de Lil se cerrara. "He escuchado todo esto, y algo más, de todos lo que han venido a visitar. Lo que no sé es cómo salieron con solo rasguños y cortes".

Nos miró con sus ojos sagaces. Puede que estuviera en la puerta de la muerte, pero no se le escapaba nada.

Lane se encogió de hombros, después hizo una mueca. Después de casi dos semanas, todavía le molestaba el hombro. Nada estaba roto ni desgarrado, solo con moretones. Tenía un corte que estaba casi curado en su frente y un número de rasguños y moretones a lo largo de su espalda, manos y canillas.

Yo tenía un bulto de huevo de ganso en la parte de atrás de mi cabeza por una roca que cayó, probablemente una concusión, pero no había tratamiento para eso. Todo lo que necesitábamos era tiempo y se curaría la mayoría.

"Suerte. No hay otra explicación para eso", dije.

Después del primer colapso, fuimos en búsqueda de cualquier persona herida, cualquier sobreviviente. Nos tomó dos días llegar a ellos a través de los escombros y a pesar de que estaban deshidratados y hambrientos, estaban vivos. Pero fue cuando Lane y yo regresamos con el capataz buscando la causa del colapso, para reemplazar cualquier viga, que ocurrió otro colapso, este cerca de la boca de la mina.

Estuvimos atrapados por tres días. Durante ese tiempo, en la oscuridad total, el capataz se volvió completamente loco—algo muy posible sin nada de luz y un toque de claustrofobia—y nos contó de sus acciones infames. Lane y yo asumimos entonces que probablemente la mina había sido saboteada, pero no sabíamos por qué, o cómo. Era la única explicación para los problemas, todos los cuales habían sido desde que Lane organizó la venta. Él había sido dueño de esta durante años sin daños en las maderas, con los derrumbes. Su mina era una de las más seguras de Colorado.

"Rachel dijo que fue hecho intencionalmente, el daño", dijo ella.

Asentí, pensando en la madera cortada y debilitada que habíamos encontrado. "Resulta que el nuevo dueño estaba buscando bajar el valor de la mina. Quería pagar menos".

Las cejas de Lil se elevaron. "¿Así que los puso en peligro solo para ahorrar un poco de dinero?"

Lane caminó por la habitación, todavía molesto por asociarse con semejante imbécil. "Sí. Contrató a alguien del personal para asegurarse de que se instalaran malos plisados".

"¿Todavía anda suelto?"

Lane sonrió. "El capataz, el mismo que hizo el trabajo sucio del dueño, estaba atrapado en la mina con nosotros. Tres días de posible muerte y lo contó todo. Incluso nos dije sobre la época donde robó caramelos de la tienda cuando tenía seis años y cómo solía mojar la cama".

Fueron unos largos tres días y estaba contento de que el alguacil se lo llevara cuando salimos.

"Yo fui a Denver y confronté al nuevo dueño. Está tras las rejas y me he cambiado a un nuevo comprador, uno que tiene bastante integridad".

"¿Cuándo sale la venta?", preguntó ella.

"La próxima semana, pero envió a su nuevo capataz—uno que no es culpable—para que se haga cargo de la gestión. Llegó hace dos días. Es un trato hecho".

Había tenido una buena noche de sueño, después pasé el día con una mujer dando a luz a su primer hijo. Estaba listo para volver a Slate Springs, y a Piper. Cuando Lane y yo salimos de la mina, Luke Tate ya había regresado con su familia, desgastado y siendo reemplazado. El paradero de

Piper era bien conocido por todos—era un pueblo pequeño —y sabíamos que estaba con los Tates. Pero solo la habíamos conocido por un día, un maldito día, y la extrañaba tremendamente y era hora de buscarla.

Dejamos las cosas en malos términos. Ella pensaba que la mujer delante de nosotros era nuestra amante. Habíamos entrado a la mina con ella escupiendo como loca y dejamos que pasara mucho tiempo. No fue nuestra intención dejar que pasaran dos semanas, pero la mierda intervino. La encontraríamos y le explicaríamos, arreglaríamos las cosas. Mientras tanto, estaba a salvo, pero yo era un hombre egoísta. Había estado con los Tates lo suficiente. Ellos tenían su propia esposa.

12

"No más sobre la mina. ¿Cómo te sientes?", pregunté.

Lil levantó su mano y la sacudió hacia mí, frunció el ceño. Su piel tenía un tinte amarillento y supe que su hígado no estaba bien. "Siento que me estoy muriendo. Háblenme de su esposa".

"Piper", dijo Lane.

Le dio una mirada fija a Lane. "Sí, Piper".

"Tiene un cabello rojo brillante y una personalidad feroz que le combina". Le conté que la vimos por primera vez en la cantina de Pueblo, cómo manejó al hombre enojado con palabras y con una pistola. No pude evitar la sonrisa, pensando en eso ahora. Estuve impresionado entonces e incluso más ahora. Lane, sin embargo, todavía estaba irritado por el incidente, cómo ella no estaba pensando ni un por un momento en su propia seguridad.

"Creo que ella me gustará mucho", dijo ella. "Me recuerda a mí cuando estaba joven".

Recordé tiempo atrás cuando Lil nos tomó por primera vez. Tenía unos treinta años entonces, una década mayor de lo que era Piper ahora, pero podía empuñar una pistola con una precisión despiadada y manejar a cualquier hombre, borracho o sobrio.

"¿Dónde está ella?"

"En Slate Springs", respondí. "Walker Tate se la llevó con él de vuelta a su casa. Está a salvo allá y tiene a la esposa de él, Celia, para hacerle compañía".

"Estoy contenta de que esté con amigos que se están haciendo cargo de ella, pero debería estar con ustedes. *Con los dos* de ustedes. Apenas han tenido, ¿qué, un día con ella?"

Los dos asentimos secamente y ella se rio. "Conozco a los hombres y solo me puedo imaginar el estado de sus pelotas".

Lane se llevó una mano por la parte posterior de su cuello y yo estaba agradecido de que mi barba escondía el rubor que calentaba mis mejillas. Ella nunca nos dejaba olvidar que era una señora experimentada.

Lane prácticamente le gruñó con su frustración al no tener a Piper con nosotros, entre nosotros. Debajo de nosotros. "Tuvimos que solucionar los problemas de la mina primero. Demonios, tuve que cabalgar hasta Denver y de regreso. Quiero poder concentrarme en ella sin que nada interfiera".

No le dijo a Lil lo furiosa que estaba Piper con ellos y que ella era el centro de todo. Sin ninguna intención, la causa no importaba.

"Nos tomó dos semanas, y ahora podemos hacerlo", dije. A pesar de que amaba visitar a Lil, estaba ansioso por comenzar a subir la montaña a Slate Springs y arreglar las cosas.

"Entonces vayan a buscar a su novia. Tráiganla de visita cuando firmen los papeles. Quiero conocerla antes de morir". Hizo una pausa y estudió a Lane. "Ah, es eso entonces. No quieres que ella me conozca".

Lane suspiró. Yo me senté en silencio, observándolos. Era mejor si permanecía callado. Ninguna cantidad de discusión con Lane haría que cambiara de opinión. Piper necesitaba conocer a Lil, saber sobre ella, sobre nuestros pasados, para que pudiera entendernos, entender de donde veníamos. Para arreglar el argumento entre nosotros. Dudaba que creyera cualquier cosa que dijéramos. Conocer a Lil era la única manera para resolver este malentendido entre nosotros.

Después, cuando no nos odiara, saber la verdad de nuestros pasados ayudaría a Piper a entender por qué seríamos tan sobreprotectores, tan abrumadoramente cariñosos. Quizás por eso era que, en el fondo, queríamos casarnos juntos. Jamás querríamos que ella o ningún niño estuvieran solos, para no arriesgar cualquier posibilidad de que Piper se convirtiera en cualquiera de nuestras madres.

"Quiero que ella te conozca. De verdad que sí. Pero no quiero que sepa mi pasado. Está muerto y enterrado, como mi madre", admitió Lane.

"Tú siempre fuiste un testarudo. Estás avergonzado de tu pasado".

Miré a Lane, sus mejillas sonrojadas, sus ojos un poco salvajes. La charla de Lil lo puso incómodo. Bien. Él tenía una vieja herida, una que lo lastimaba más profundo que cualquier cosa que le hubiese infringido la mina.

"No estoy avergonzado, no de ti", aclaró. "Nunca de ti. Tú me *salvaste*". Lane se movió para sentarse en la cama al lado de ella, enfrente de mí. Tomó su mano y la miró muy seriamente. "No puedes esperar que le diga a Piper sobre lo que me pasó a mí". Negó con la cabeza. "Yo... no puedo".

Lil lo estudió con esos ojos perceptivos, ojos que veían todo. "Entonces cuando ella me conozca, ¿ella simplemente sabrá el monstruo que era tu madre?"

Frunció el ceño. "No".

"¿Qué verá ella?"

"Una mujer que tiene más de madre que cualquier otra persona. Una mujer que amo, que extrañaré muchísimo".

Vi la pena en el rostro de Lane y lo sentí en mi corazón. Su vehemencia fue lo que hizo que Piper se enfureciera con nosotros, que creyera lo peor. Si él le hubiese dicho desde el comienzo, esto nunca hubiese sucedido.

Lil sonrió y le dio una palmada en su mano. "Entonces tráela aquí y muéstrale eso. El resto, bueno... los dos se han convertido en hombres buenos. Fueron más allá de donde vinieron. Ustedes son más, mucho más, que su pasado. A pesar de que sé que nunca serán capaces de dejarlo ir, seguirán viviendo".

Lane levantó la mano de ella a sus labios, le dio un beso suave. Ella estaba cansada.

"Vivirás *más* y eso es todo lo que ella tiene que ver. Ahora tráeme a esa mujer".

"Sí, señora". Lane le dio una pequeña sonrisa. "La recogeremos en Slate Springs y la traeremos de vuelta cuando firme los papeles de la mina".

Mientras que Piper no nos haya disparado primero.

Lil me miró. "¿Tú también vendrás?"

"Por supuesto. El doctor que reemplacé se retiró. Él me está cubriendo mientras no estoy, pero solo esperaba que buscara a Piper en Pueblo, no que me quedara atrapado en una mina", añadí. "Estoy seguro de que puede mantenerlos a todos completos por unos cuantos días más. Además, tú eres mi paciente favorita".

"Adulador". Lil asintió ligeramente. "Buenos chicos".

"¿Lista para tu morfina?" Su boca estaba pellizcada y podía ver que sus músculos estaban comenzando a ponerse tensos con el dolor que traía el cáncer. Dentro de poco, la dosis sería tan alta que ella no despertaría. Afortunadamente, en ese punto, ella moriría en paz.

Llenando la jeringa, levanté la manga de su camisón, encontré su vena y le di el dulce alivio.

Esperamos el minuto que tomaba para que la pusiera a dormir. Miré a Lane sobre el cuerpo de Lil. "Tienes que arreglar esto con Piper. Ella ha pensado, por dos malditas semanas, que tenemos una amante. Vámonos a buscar a nuestra chica".

Lane

"Perdóname".

Acabábamos de bajar las escaleras al vestíbulo del burdel. La casa no era decadente como lo eran los establecimientos en Denver que atendían a los ricos, pero era lo suficientemente grande para tener el patrocinio de los mineros y otros hombres de la zona. También tenía un excelente suministro de whiskey para ayudar a los hombres a ver más allá de cualquier tipo de deficiencia. Mujeres sueltas deseosas por una montada salvaje también ayudaba.

Me giré hacia la voz, Spur bajando el último escalón y después se paró a mi lado. Dos pelirrojos grandes y jóvenes estaban delante de nosotros, una chica escasamente vestida envuelta alrededor de cada uno de ellos, casi aferrada como una liana.

Levanté una ceja en manera de respuesta. Me dolía después de pasar tiempo con Lil, sabía que se iría pronto. Me lamentaba por ella y ni siquiera estaba muerta todavía. Solo visitarla sacó a flote mi pasado, me hizo querer golpear y lanzar algo al mismo tiempo. Pero había tenido décadas de práctica apisonando el infierno que había enfrentado y solo esperé pacientemente a que hablara el hombre.

"Entiendo que eres el dueño de la mina del pueblo".

Los hombres definitivamente eran hermanos, sus características faciales eran similares. Los dos tenían ojos azules y piel clara, pero uno llevaba barba. Estaban bien vestidos, pero no tenía ni idea de su profesión aparte de saber que no eran mineros. Sus manos estaban demasiado limpias. Si querían *ser* mineros, los dirigiría al nuevo capataz del dueño. Sus tamaños serían una ventaja.

"Eso es cierto. Soy Lane Haskins".

"Yo soy Jed Dare, y mi hermano—" inclinó su cabeza hacia el otro hombre, "—Knox. Estamos buscando a nuestra hermana y comprendemos que tú debes saber dónde está".

"¿Ah sí?", pregunté, moviendo mi mirada hacia Spur.

"No estoy familiarizado con una Srta. Dare. Lo siento". Me volteé para irme.

"Su nombre es Piper y tiene el cabello como el nuestro".

Me quedé paralizado, mi mano justo sobre la manilla. Los miré de nuevo por encima de mi hombro.

Tengo cinco hermanos mayores.

No había muchos hombres pelirrojos cerca, mucho menos dos que se parecíer. No veía ningún parecido a Piper en sus características. Ella era al menos un pie más baja y no tenía vello facial ni manzana de Adán, aun así, no había duda de que estos dos eran sus hermanos. Si los otros tres hermanos eran de tamaño similar, sentía pena por su madre. No dudaba que ningún pretendiente se acercara a Piper. Tenía un poco de miedo de ellos y yo ya estaba casado con ella.

"Sí que sabes de ella", dijo Jed Dare, obviamente viendo la sensibilización en mi rostro. Miró a Knox y le dio una pequeña sonrisa, suspiró.

Spur dio un paso adelante. "Yo soy Spurgeon Drews".

"Spurgeon, ¿qué clase de nombre es ese?"

Spur estaba acostumbrado a que las personas lo molestaran con su nombre y él no se ofendía por la sorpresa usual.

"Uno con el que mi madre me dejó atrapado. Me dicen Spur. Pero para Piper, ella me llama esposo".

Las bocas de los dos hombres se abrieron y miraron a Spur con los ojos ensanchados.

"¿Ella es… tu esposa?"

Spur asintió. "Hace menos de dos semanas ya".

"Si tú estás casado con Piper, entonces ¿por qué demonios estás en un burdel?", preguntó Knox, bajando la mirada hacia la mujer de cabello oscuro que colgaba de él, sus senos cubiertos por el corsé presionados contra su lado, pero ignorando su deseo.

Sus manos se apretaron en puños.

No lo culpaba. Sí que nos veíamos mal bajando del segundo piso de un burdel. Básicamente era la misma pregunta que Piper nos había hecho hace dos semanas antes de que colapsara la mina. Yo no había querido decirle la verdad sobre Lil, y no quería hacerlo ahora, pero parecía que me superaban en número. Lo que había parecido un intento inocente de mantener mi pasado *en el pasado* se había vuelto un completo desastre. A Spur le había molestado esto desde… siempre. Tenía la rabia de Piper, y conociendo su temperamento, después de dos semanas probablemente me dispararía apenas me viera. Lil estaba molesta y estos dos hombres estaban listos para golpearme.

Maldición.

"Quizás podemos hablar de esto afuera, ¿o tienen algún interés en las señoritas primero?", pregunté, mirando a las mujeres que estaban aferradas tanto a cada una de nuestras palabras como a los hombres musculosos.

Olvidando a las mujeres, los hermanos Dare se desenredaron y salieron disparados por la puerta hacia la calle tranquila.

"Comienza a hablar", dijo Jed, con los brazos cruzados sobre su pecho.

"¿Cuál es el verdadero nombre de Piper?", pregunté.

Me miraron a mí, dirigiendo su rabia en mi dirección.

"Piper", dijo Knox. "Ya dijimos mucho".

"¿No es Patricia?", preguntó Spur.

"¿Estás sordo?", gritó Knox.

"No", añadió Jed. "Su nombre no es Patricia".

"¿Qué *demonios* está pasando? Hemos estado rastreándola desde Wichita y queremos respuestas", demandó Knox.

"Y a nuestra hermana", añadió Jed. "¿Dónde demonios está ella?"

Piper, nuestra esposa, realmente no era Patricia Strong, sino Piper Dare. Nos había mentido y sus hermanos estaban coléricos. Ella dijo que ellos nunca la lastimaron, solo que eran sobreprotectores y el cambio de nombre no era para evitarlos a ellos. Y había conocido a muchas mujeres abusadas y Piper nunca se comportó como una.

"Parece haber habido un pequeño fraude", dijo Spur, también sabiendo que estábamos atrapados en medio de algo. Me volteé y lo miré, después miré al suelo antes de encontrarme con las miradas furiosas de los hermanos de Piper.

Esperaron impacientemente.

"Su hermana se presentó a nosotros como la Srta. Patricia Strong, una mujer con la que me casé como una novia ordenada por correo. La conocimos en Pueblo como estaba planeado".

"¿Y tú? ¿Por qué demonios el hombre en el comercial me dirigió a verte a ti, Haskins, en vez de a este tipo? ¿Su esposo?" Knox inclinó su mentón cubierto por barba hacia Spur.

"Porque bajo la ley de Slate Springs, donde viviremos con ella, yo también soy su esposo". Sabía que mis palabras eran como encender una cerilla contra la yesca seca.

Los hombres se quedaron mirándonos silenciosamente por un minuto.

"Es la ley de un pueblo que permite que dos hombres se casen con la misma mujer", aclaró Spur.

Jed señaló a Spur, después a mí. "¿Me estás diciendo que nuestra hermana está casada contigo... y contigo?"

"¿Ella tiene a dos hombres follándola y aun así ustedes van a un burdel? ¿Qué tipo de esposos son ustedes?", soltó Knox.

Esa era una buena pregunta y ahora veía por qué Piper había estado tan furiosa.

Mierda. Era un completo imbécil y ella había pasado las últimas dos semanas pensando en eso.

Pero me di cuenta en ese momento que tener a Piper pensando que estaba casada con dos mujeriegos no era lo peor de esto.

"Parece, caballeros, que realmente no somos sus esposos del todo", añadí, mirando a Spur. La verdad era un poco dura de tragar. "Nosotros nos casamos con Patricia Strong, no con Piper Dare".

A pesar de que había sido protector con ella, también posesivo, no había pensado en lo que realmente significaba ser un esposo. Significaba desnudar más que mi cuerpo y esperar que ella hiciera lo mismo. Significaba compartir todo. Incluso mi pasado, sin importar lo malo que fuera. Y ahora, saber que Piper no había sido nuestra durante todo este tiempo, solo me hacía pensar que nunca tuvimos una oportunidad con ella. Ella había tenido sus razones para hacerse pasar por Patricia Strong, y dos de ellas probablemente estaban de pie justo delante de nosotros.

Si ella pensaba que no la queríamos, entonces ¿cómo podríamos si quiera hacer que accediera a casarse con nosotros *realmente*? Ella no tenía que hacerlo. A pesar de que nos acostamos con ella, ella aun podía negarse a cualquier intento que hiciéramos. La quería y sabía que Spur la quería también. Haríamos cualquier cosa por tenerla. Cualquier cosa.

Jed se puso justo delante de mí, su rostro a centímetros del mío. Podía ver las manchas oscuras en sus ojos azules. "¿Me estás diciendo que los dos se follaron a mi hermana cuando no están realmente casados?"

El puño de Jed se conectó con mi rostro y el mundo se puso oscuro antes de que pudiera emitir una respuesta.

13

IPER

"Tú hiciste trampa", gruñó el hombre, saliva volando sobre la mesa enfrente de él.

Quería poner los ojos en blanco, pero sabía que los hombres no lo apreciarían. Él ya estaba furioso de que había perdido su dinero ganado arduamente ante una mujer, así que no necesitaba hacerlo peor. ¿Por qué los hombres tenían que ser tan imbéciles?

Cada uno de ellos era así. Mis hermanos eran mandones y controladores. Lane y Spur habían sido dos mentirosos similares. Estos apostadores borrachos eran unos malos perdedores y todos odiaban a las mujeres.

Bueno, no si una estaba desnuda y debajo de ellos. Esa era una manera garantizada para que un hombre sonriera y soltara sus monedas. Pero entonces, tendría que entregarme a mí misma a cambio. Había hecho eso una vez, de gratis, y no me dejó nada más que un dolor en el pecho.

"Yo no hice trampa", contesté, mirando al hombre al otro lado de la mesa mientras guardaba mis ganancias enfrente de mí. Se había tomado tres tragos de whiskey desde que me senté en la mesa y era su mente borracha la que lo estaba haciendo perder. "Pregúntale a los otros". Incliné mi cabeza hacia los otros dos hombres en la mesa. "Ellos también perdieron su dinero y no se están quejando".

"Eso es porque se quiere meter debajo de tus faldas y saben que es más fácil hacerlo si no eres una perra irritable".

Sonreí entonces y noté que los dos hombres se sonrojaron ardientemente. Si bien dudaba que fuesen verdaderos caballeros, tampoco me iban a arrastrar a una esquina y aprovecharse de mí.

"Esas son unas palabras muy sabias. Supongo que no tendrás suerte con ninguna de las señoritas esta noche".

El hombre se puso de pie, su silla volcándose.

"No soportaré esto de parte de una mujer".

Me puse de pie también, saqué mi arma de mi bolso. Ya había algunas monedas en el estuche, pero estaría bastante pesada cuando añadiera lo que estaba en la mesa.

"Y yo no soportaré que tú me acuses por esto. Gané con todas las de la ley". Antes de que las cosas se pusieran incluso peor, metí las ganancias en mi bolso. Completamente sola ahora, las necesitaba. "Salte de aquí antes de que te dispare".

El hombre a mi derecha empujó su silla hacia atrás y se puso de pie, con las manos arriba. "Ella también lo hará". Estaba cuatro pies atrás cuando habló. "La otra noche le disparó a la punta de la oreja izquierda de Sam Crockett".

"Sí, él sangró como un cerdo atorado también", añadí.

Había pasado la última semana visitando las cantinas en Slate Springs. Había tres así que rotaba entre ellas. Debido a que ya no tenía un medio de ingresos—la casa de Spur estaba bien para vivir, pero no había dinero para poner comida en la mesa—las cartas eran como me ganaba la vida.

Walker y Luke comenzaron una pelea porque me fui de su casa, pero no me iba a quedar con ellos indefinidamente. Con Spur y Lane muertos, tenía que decidir qué iba a hacer. Como todos en el pueblo asumían que yo estaba casada con Spur, y como Patricia era la única que podía quejarse de cualquier manera y ella estaba bastante muerta, seguí el juego. Parecía que me estaba aprovechando de dos personas muertas, pero ¿qué iba a hacer una mujer?

Desafortunadamente, me estaba volviendo muy infame entre los mineros y dentro de poco perdería mis oportunidades de apostar. Solo el más presumido de los hombres quería perder contra una mujer, una mujer conocida por sus habilidades. Mis ingresos se acabarían dentro de poco, así que tenía que obtener tanto como podía hasta que llegara ese momento.

Walker y Luke me advirtieron que estar bajo su protección me alejaba del peligro, pero que también me alejaba de los esposos potenciales. Yo era una viuda, supuestamente, y ahora estaba disponible para casarme. Para los hombres era atractiva, joven y todo lo que ellos querrían en una novia. Al llegar el invierno, me dijeron que uno de los únicos requisitos era tener conciencia y quizás ser menor de cincuenta años.

Había tenido tres propuestas de matrimonio y casi un fracaso al ser atrapada en una posición *comprometedora*, pero mi pistola me había mantenido alejada del más ardiente y desesperado de los hombres. Pero el invierno se acercaba rápidamente aquí en las montañas y un hombre quería a una mujer para calentar su cama. Dudaba que pudiera pasar la primera nevada sin casarme. Tendría que dejar Slate Springs si quería evitar eso. Pronto. Lo haría pronto, pero simplemente no podía pasar por Jasper todavía.

A pesar de que habían sido falsos conmigo y yo estaba tan molesta con ellos, eso no significaba que quería que Lane o Spur estuvieran muertos.

"No me importa si ella le dispara o lo monta en la pared, quiero mi maldito dinero".

Se acercó a la mesa con un ritmo mucho más rápido que el borracho usual. No vacilé y le disparé.

Él gritó por la sorpresa tanto como por el dolor, su mano subiendo hacia su oreja izquierda.

"En caso de que te estuvieras preguntando si tenía mala puntería y le di a la oreja de ese hombre por error".

Di un paso atrás, después uno más, manteniendo mi pistola apuntada al hombre que ahora tenía sangre chorreando entre sus dedos. No le iba a quitar los ojos de encima.

Estaba maldiciendo, pero yo lo había escuchado todo antes.

Di otro paso y corrí hacia un cuerpo duro. Me quedé inmóvil y después intenté voltearme cuando unas manos cayeron a mis hombros.

"Esto parece ser una ocurrencia común para ti, disparándole a los hombres en cantinas".

Me di vuelta ante la voz familiar. "Lane", suspiré.

Claramente, no estaba muerto. De hecho, ni siquiera se veía herido. Excepto por el ojo negro. Su cabello estaba un poco más largo de lo que recordaba y tenía barba rubia sobre sus mejillas. Aparte de eso, se veía... bien.

"Oh, dios mío. Pensé... Pensé..." Salté en sus brazos y lo abracé, disfrutando de la sensación dura de él, su calor, su aroma. Todo. ¡No estaba muerto!

"¿Le disparas a los hombres en todas las cantinas?", preguntó Spur, acercándose a un lado de Lane, empujando mi muñeca para que la pistola no lo apuntara a él, después quitándomela.

"¡Spur!" Dejé ir a Lane y lo agarré a él. Después recordé y di un paso atrás. "Esperen. Esperen. Estoy tan molesta con ustedes dos. ¿Qué están haciendo aquí? ¿Dónde está Lil?"

Sabía que todos en la cantina nos estaban mirando.

"¿Esta mujer es suya?", gritó el chico con la oreja disparada. "¡Ella me quitó mi dinero!"

"Te quitó tu dinero, y tu orgullo también", dijo Spur, mirando al hombre por encima de mi hombro. "Tienes suerte de que solo te quitó una parte de tu oreja en vez de tus pelotas". Apuntó al hombre con mi pistola. "Ahora yo tengo la pistola y soy más firme disparando, lo cual significa que puede que no te voy a dar en la oreja. Es hora de que dejes en paz a *mi esposa*".

Los susurros y las charlas comenzaron. *¿Esposa? Pensé que el Doc había muerto.*

"No estamos en Pueblo. ¿Tengo que esperar esta vez?", le preguntó Lane a Spur.

"Demonios, no".

Antes de que si quiera pudiera preguntarme de qué estaban hablando, Lane se agachó y me lanzó sobre su hombro como un saco de patatas. Antes de que si quiera comenzara a golpearle la espalda se volteó y se dirigía hacia la puerta. Los hombres silbaron y gritaron con mi salida. Humillada, no podía hacer nada más que estar agradecida de que ya había puesto mis ganancias dentro de mi bolso que chocaba contra el trasero de Lane mientras se movía, las monedas tintineando.

Lane no se detuvo cuando salió, sino que siguió caminando por la cuadra. Le di golpes en la espalda y le grité, pero me di por vencida porque cuando me movió sobre su hombro, el viento me golpeó y el golpeteo en su espalda fue como el de una canica.

Finalmente, finalmente se detuvo y me bajó, agarrándome por mis brazos para estabilizarme por un momento, después di un paso atrás.

"Como dije, ¿qué están haciendo aquí?" Miré de uno al otro, ambos completos y claramente saludables. Se veían más atractivos y desenfadados que nunca y los odiaba por eso. Quería *odiarlos*, pero mi cuerpo traidor recordó lo que habíamos hecho juntos y quería más.

"Reclamando a nuestra esposa", dijo Lane, su mirada seria.

No había un mejor momento para decirles la verdad porque por primera vez, podía usarlo como un arma. "Les iba a decir ese día que llegaron los Tates, pero cambié de parecer. Ahora creo que fue algo bueno". Respiré profundo, lo dejé salir. "No soy realmente su esposa".

Spur se movió para pararse directamente al lado de Lane. "Lo sabemos".

La boca se me cayó. "¿Qué... qué significa que ustedes saben?"

"Ellos quieren decir que saben que no estás casada con ellos".

Me di media vuelta, mi falda enredándose sobre mis piernas para descubrir quién habló.

"Oh, mierda", murmuré. "Knox. Jed. ¿Qué demonios están haciendo aquí?"

Mis hermanos se veían furiosos. Knox tenía sus brazos doblados sobre su pecho, Jed tenía sus manos sobre sus caderas.

"Encontrarte", dijo Jed.

"Siempre te gustó maldecir", añadió Knox.

"Aprendí del mejor", respondí, un poco amarga.

"Buen tiro, por cierto", añadió Jed, inclinando se cabeza para indicar el interior de la cantina. Aunque no lo había visto, debe haber presenciado lo que había pasado.

"De nuevo, aprendí del mejor".

No tenía idea de qué decir después de eso y el silencio era incómodo.

"Parece que hay algunas cosas que necesitan aclararse", dijo Spur. Me volteé y me coloqué para poder ver a los cuatro hombres a la vez.

"Todo está claro ahora", respondí. "Ustedes tienen su amante y yo no soy su esposa. Creo que eso lo hace simple, realmente. Vayan con Lil. Diviértanse. Yo seguiré mi camino".

"Has estado con dos hombres, Piper". Jed estrechó sus ojos hacia Lane y Spur, pero no se acercó. Se veía listo para golpearlos. ¿Había sido así como Lane obtuvo ese ojo negro? "Eso significa que te casas con ellos".

Sentí mis ojos abrirse. "¿Qué? ¡Ellos no me quieren! Ellos quieren a alguien que se llama Lil. Lane ni siquiera esperó un día antes de ir hacia ella. Yo... yo no puedo estar en un matrimonio así. Afortunadamente, no tengo que estarlo".

"Oh, sí, sí tienes", contestó Knox, señalándome.

"¿No les importa si mis hombres me engañan?" Negué con la cabeza, miré al suelo. Me tomé un momento para alejar las lágrimas. Parecía que realmente no conocía tanto a mis hermanos como pensé. "Increíble. Pensé... Pensé que querían más para mí".

"Lo hago". Knox miró a Jed. Suspiró. "Lo hacemos. Pero tú eres tan testaruda. Maldición, Piper", dijo Knox, arrastrando mi nombre. "Vas a escuchar a Spur y a Lane o te pondré sobre mis rodillas".

"No, no lo harás", gritó Lane. "Ese es nuestro trabajo".

"Ustedes—"

"Yo te dije, preciosa, no más cantinas. No más apuestas y aun así te encontré... otra vez, disparándole a las personas".

Caminé hacia él y lo pinché en el pecho. "Ustedes dos estaban muertos y me dejaron desamparada, sin una manera de mantenerme a mí misma. ¡Así es como yo hago dinero!" Levanté mi muñeca y dejé que tintinearan las monedas en mi bolso como un recordatorio.

Sus cejas se juntaron. "¿Dejarte desamparada?"

"Ustedes dijeron que estar casada con dos hombres me mantendría a salvo, que nunca más tendría que preocuparme. Bueno, me preocupé".

"Rolon Jennings debe haberse acercado a ti. Él es el banquero del pueblo. Si algo *realmente* me pasara a mí, entonces tienes todo mi dinero. La mina también. Si él no vino a buscarte, yo—"

"Yo... creo que lo hizo. Debo admitir, muchos hombres se acercaron a mí esta última semana. Tres propuestas de matrimonio por si solas y después de eso, comencé a rechazarlos antes de escuchar lo que tenían que decir".

Lane se llevó una mano por la parte posterior de su cuello. "¿Tres propuestas de matrimonio?"

"¡Ustedes estaban muertos!", grité. "Había una apuesta sobre cuánto podía esperarme".

"Está bien", interrumpió Spur, colocando una mano sobre el brazo de Lane. "Sí, supimos sobre nuestras supuestas muertes. Luke y Walker estaban tan asombrados como tú. No estamos muertos, así que vamos a continuar".

"¿Continuar? *¿Continuar?*"

"¡Piper!", gritó Jed. "Cierra la boca y escucha a Lane".

"De ninguna manera. Él es... él es—" No pude pensar en una palabra para describirlo.

"Entonces me escucharás a mí", dijo Spur.

Lane negó con la cabeza. "No. Yo creé este desastre. Yo lo arreglaré". Miró a mis hermanos. "Pero no lo voy a hacer con ustedes dos acechando. Retrocedan de una puta vez".

"Cuida tu lengua cerca de mi hermana", advirtió Jed.

"¿De verdad? Tu hermana maldice más que un minero borracho. Su vocabulario no es mi mayor preocupación. Su completa falta de importancia por su seguridad lo es. Ahora retrocedan".

Jed levantó sus manos enfrente de él con los gruñidos de Lane y los dos dieron un paso atrás, luego otro. "No nos iremos lejos hasta que se digan los votos".

Lane murmuró algo parecido a imbécil y maldito en voz baja.

"No quiero escucharlo", dije cuando se volvió hacia mí.

"Vas a escuchar, Piper Drews o te pondré sobre mi rodilla aquí mismo, ahora". A pesar de que la amenaza era real, su tono no era tan severo como cuando les hablaba a mis hermanos.

14

IPER

Presioné mis labios juntos y crucé los brazos sobre mi pecho.

"Lil es la mujer que nos tomó a Spur y a mí cuando nuestras madres murieron. Ella era una zorra, justo como ellas lo eran. Vive en Jasper porque está enferma. Cáncer. Yo me mudé para allá desde Denver para que pudiera estar ceca de mí. Ella quiso vivir en el Cervatillo Aterrador porque su amiga de toda la vida, Rachel, es la encargada".

Mis brazos cayeron a mis lados. "Lil es…"

"Como una madre para los dos", añadió Spur. "Está enferma y Lane ha estado visitándola. Me trajo desde Chicago y me mudé para acá para poder tratarla".

"¿Pero cáncer?", pregunté.

Lane asintió. "Se está muriendo. Cuando los Tates estaban en la casa, fui a la mina, pero me detuve para ver a Lil y le conté sobre ti. Eso es lo que escuchaste".

"No me importa su historia. Si les importa tanto ella, estoy segura de que es maravillosa". Hice una pausa, me mordí el labio. "Pero... ¿por qué no me dijeron?"

El cuerpo de Lane se endureció, como si mis palabras fueran difíciles para él. "Porque no quería que supieras sobre mi pasado. Soy el hijo de una zorra. No solo una zorra, sino una perra viciosa. Ella... ella no fue una buena madre".

¿Esa era la razón por la que había mantenido en secreto a la mujer Lil para todos, incluso sus amigos más cercanos? Podía sentir que había algo más en su madre que ser una perra viciosa porque Lane parecía estar cansado de los peores caprichos de la vida para no estar afectado. Pero esto, esto lo cortó profundo, tan horriblemente profundo, y no lo iba a decir. Quizás no ahora enfrente de Jed y Knox, quizás nunca. Y eso era más decir que toda la verdad. Pero me había dicho cosas, cosas que ponían todo en perspectiva. Aun así...

"Los Tates piensan que tienes una amante".

"Lo hacen", admitió Lane. "Porque yo iba a visitarla a ella en el burdel y ellos asumieron que iba para... bueno, para buscar *compañía*".

Resoplé por eso. Compañía.

"No se los aclaré, porque al igual que contigo, no quería que supieran la verdad". Se acercó para frotar sus nudillos sobre mi mejilla. No quería rendirme al gesto simple y tierno, pero no me pude resistir. "Como le dije a Spur, compartiría la verdad sobre Lil, pero no compartiré sobre mi vida antes de ella. Mi infancia. Lamento hacerte molestar, por hacerte pensar lo peor. Me estaba protegiendo a mí mismo cuando debí haberte protegido a ti".

Los ojos pálidos de Lane se encontraron con los míos. Fijamente. Vi la verdad ahí, la sinceridad, la decepción en él mismo y cual sea que haya sido la miseria que sufrió cuando estaba pequeño.

"Ahora es nuestro turno de hablar sobre ti, preciosa".

Me gustó escuchar el cariño cuando no estaba lleno de sarcasmo o dicho cuando le quería disparar. Me hacía sentirme... querida.

Mis hermanos se acercaron entonces, mirando a Lane y a Spur como para decirles que no se iban a echar para atrás otra vez. "Queremos escuchar esto también. *Patricia Strong*".

El momento tierno que proporcionó la disculpa de Lane desapareció como si nunca hubiese pasado. Me giré hacia mis hermanos—me estaba cansando de defenderme de dos juegos de hombres—y les di mi peor mirada. "Si yo fuera un hombre, me pegarías en la espalda por mi ingenio y mi astucia por esconderme de ustedes por tanto tiempo como lo hice".

"Si tú fueras un hombre, no estaríamos casados contigo", contestó Lane. "Habla".

Sí, demasiado amable.

Apreté mis labios y miré a mis hermanos. Esto no era sobre Lane y Spur, aunque ellos eran los que habían sido despreciados por mi engaño. Amaba ver a Jed y a Knox, porque los extrañaba, y también al resto de mis hermanos. Pero era hora de enfrentarme a ellos.

"Ustedes—ustedes cinco—son agobiantes. Quieren que me case, que tenga una familia, pero después no dejan que ningún hombre se me acerque. Le disparaste a Albert Dinker".

"Él era un pedazo de mierda", dijo Knox con un resoplido.

"Dispararle a las personas parece ser un rasgo familiar", murmuró Lane, pero lo ignoramos.

"No era para que ustedes lo decidieran", Les dije a Jed y

a Knox. "Me conocen lo suficiente. Yo soy capaz de juzgar la personalidad de un hombre". Suspiré. "Había tenido suficiente. Tomé el dinero que había ahorrado y compré un pasaje en el autobús que se dirigía al oeste. Además, en el autobús estaba una mujer llamada Patricia Strong". Miré por encima de mi hombro. "Su novia por correo. Estaba emocionada por conocerlos. Por ser su esposa".

"¿Qué hiciste tú, la golpeaste en la nariz para tomar su lugar?", preguntó Jed, burlándose. "¿Le disparaste en la oreja?"

Entorné mis ojos hacia él. "No. Ella murió. Se quedó dormida en el autobús y simplemente no se despertó".

"¿Murió?", repitió Knox, sus cejas rojas desapareciendo debajo del cabello sobre su frente.

"¿Murió?", hizo eco Lane.

Bajé la mirada a la madera bien gastada de la pasarela. "No sé cómo ni por qué, pero ella simplemente se había ido".

"Un aneurisma, quizás", comentó Spur. Sí, probablemente el doctor sabría. "Un problema del corazón".

"El conductor del autobús estaba tan impresionado como yo, pero él no tenía un cuerpo muerto cayendo sobre él cuando recorría una larga ruta", añadí, recordándoles que yo no era la única que presenció su fallecimiento.

"Él la llevó a la siguiente parada para ser enterrada y yo convencí al hombre de llevarme a Pueblo".

"¿Lo convenciste cómo?", preguntó Spur cautelosamente, como si no estuviese seguro de que realmente quería saber la respuesta.

Yo solo me encogí de hombros, no quería decirles que mi pistola estaba involucrada. De nuevo. Volteándome para mirar a Lane y a Spur, continué. "Lamento que su esposa muriera. Ella era muy amable. Muy bonita. Completamente diferente a mí así que creo que hubiesen sido muy felices con ella".

"Parece que nos gusta una pelirroja salvaje, peleona e impetuosa", murmuró Spur, su mirada recorriendo mi rostro, mis labios, mi cuerpo.

"Así que tú tomaste su lugar", supuso Lane, obviamente no deseaba cambiar la dirección de la conversación.

Asentí. "Sabía que estos dos me seguirían". Apunté con mi pulgar sobre mi hombro y apreté mis labios. "Cuando la encontré... muerta, estaba por bajarme del autobús en la próxima parada. Solo me quedaban unas pocas monedas y sabía que mis hermanos me encontrarían. Un fracaso".

Una mano sobre mi hombro me giró. Knox se dobló en la cintura para encontrarse con mis ojos.

"¿Un fracaso? Demonios, Piper, tú no eres un fracaso".

"¿Qué hubiesen hecho cuando me encontraran en la pequeña Lamar, Colorado? Sin dinero, sin lugar donde vivir".

"Llevarte a casa", respondió sin vacilar.

"¿Y después qué?", me pregunté. "¿Mantener un ojo aún más cerca sobre mí para que no hiciera nada impetuoso otra vez? Como dije, un hombre puede defenderse por su cuenta, entonces ¿por qué yo no?"

"La oportunidad de convertirte en una novia por correo literalmente cayó en tu regazo", dijo Spur.

Miré en dirección a él, asentí. "Yo no quería que Patricia muriera. Ella me gustaba, al menos por los pocos días que la conocía. Pero fue mi oportunidad de tomar el control de mi vida, justo como ella había estado haciéndolo. Si bien yo no sabía con quién me iba a casar, Patricia tampoco lo había hecho. Ser una novia por correo es la elección de una mujer por un cambio, y yo lo tomé. ¿Ven lo lejos que fui por mí misma?"

Knox me agarró y me abrazó. "Lo hiciste bien, hermana. Estoy orgulloso de ti".

Una mezcla de alivio y tristeza me recorrió. "¿Lo estás?"

Su mano grande me dio una palmada en la espalda. "Tomaste oportunidades que se presentaron ante ti. Me alegra que tuvieras tu pistola contigo. Mantuviste la cabeza y cuando estos bastardos te jodieron, también mantuviste tu corazón".

"Jodidamente cierto", añadió Jed.

"Pero ahora que Lane se explicó y tú nos has dicho por qué has estado haciéndote pasar por alguien más, tienes que enfrentar las consecuencias de tus acciones", dijo Knox.

Empujé sus brazos. "No voy a regresar a Wichita con ustedes".

Los dos Knox y Jed negaron con sus cabezas. "No. Te vas a casar con ellos. Esta vez con testigos. Nosotros y Dios".

Jed señaló a la iglesia que estaba detrás de la pasarela. En mi rabia de más temprano—y por estar de cabeza—no me había dado cuenta de dónde me habían llevado.

Me volteé una vez más para mirar a Lane y a Spur.

"¿Ustedes todavía me quieren?"

Los dos hombres asintieron.

"Te quisimos desde el segundo en que le disparaste al sombrero de ese hombre en Pueblo. Sabíamos lo que estábamos obteniendo desde el principio. Simplemente no sabíamos *quién*. Pero no te tocaremos otra vez hasta que esto esté arreglado, hasta que seas legalmente nuestra". Lane se acercó para meterme un rizo por detrás de la oreja, después se dio cuenta de que estaba contradiciendo sus palabras y apartó su mano. "¿Tú quieres que te toquemos, no es así, preciosa?"

"Esa es mi hermana, Haskins", advirtió Jed.

Lane mantuvo sus ojos sobre mí, pero le gritó a mi

hermano. "¿Sí? Ella es mi esposa. Si no quieres saber lo mucho que la quiero llenar con mi pene, entonces mejor espera adentro de la iglesia con el ministro".

Me sonrojé ardientemente. Era una cosa que mis hermanos *supieran* que había estado con Spur y Lane, y otra que se hablara de eso tan abiertamente.

"¿Cómo sabemos que no la lanzaras sobre tu hombro y te la llevarás?"

Lane puso los ojos en blanco, pero Spur habló.

"No cuestiones nuestro honor". Su voz estaba tan afilada como nunca la había escuchado, sus ojos estrechos y sus manos apretadas en puños. "Hemos estado en esto una y otra vez desde Jasper. Lo que hicimos con Piper fue—pensábamos—bajo la santidad del matrimonio. No la tocaremos otra vez hasta que sea nuestra legalmente. Pero mientras que a ustedes no les puede importar que ella sea llevada al altar, a nosotros sí. Puede que ella haya sido una novia por correo la primera vez, una boda a ciegas. Esta vez es diferente. Todo es diferente. Excepto por cómo nos sentimos sobre Piper. Cómo la tratamos. La respetamos". Caminó directo hacia Jed, se puso directamente enfrente de él. Si uno de ellos se inclinaba, estarían besándose. "Ahora apártate".

Escuché a mis hermanos gruñir mientras caminaban por el camino hacia la iglesia.

Spur se volteó para mirarme, las líneas duras de su rostro suavizándose inmediatamente. "Te vas a casar con nosotros, Piper".

"Ahora", añadió Lane.

Estaba abrumada con el hecho de que Lane y Spur estaban vivos, todo lo que compartió Lane, mis hermanos. Todo esto. Y ahora se querían casar.

"Han pasado dos semanas. Dos semanas para que

vengan hacia mí, todo el tiempo pensé que estaban muertos".

"No sabíamos que pensabas eso. Fuimos a buscarte a la casa de los Tates y ellos estaban tan sorprendidos de vernos como tú".

Sentí mi frente arrugarse en un ceño fruncido. "Entonces, ¿qué les tomó tanto tiempo?"

Spur se rio. "Quieres decir, si no estábamos muertos, ¿cuál es nuestra excusa?"

Asentí.

Lane se llevó una mano por el cuello. "Descubrí que los derrumbes fueron causados por un sabotaje y tuvimos algunos contratiempos. Tuve que ir a Denver y hacer que arrestaran al nuevo dueño. Después tuve que buscar a otro *dueño* para que tomara su lugar para poder venir aquí y vivir contigo".

Parecía increíble, pero sabía que era verdad".

"¿No tienes que ir a más minas?"

Los dos hombres negaron con la cabeza.

"¿No tienen que regresar a Jasper?"

"Regresaremos juntos para que conozcas a Lil. Pero primero, nos vamos a casar".

Esta vez, cuando Lane insistió, sonreí. Quería casarme con ellos. Esta vez, por elección, no por casualidad. O suerte.

"¿No hay otra mujer?", pregunté, queriendo estar completamente segura.

"Tú eres suficiente mujer para los dos", dijo Spur, halando un rizo de cabello rojo.

"Piper", advirtió Lane. "Iglesia. Ahora".

Mi sonrisa creció. Estos hombres eran míos. Ninguna mujer se interponía entre nosotros. Ningunos hermanos tampoco. Todo lo que teníamos que hacer era decir nuestros votos y no había vuelta atrás. No quería eso. Los quería a ellos, parecía que tanto como ellos me querían a mí.

"Estás muy ansioso".

Lane se puso justo delante de mí, se inclinó y su respiración me ventilaba sobre el cuello. "Sé lo que se siente cuando te vienes por todo mi pene. Los sonidos que haces, los gemidos en tu garganta, la forma en que gritas mi nombre. He estado soñando con eso por dos semanas. Pero ni siquiera te voy a besar hasta que tengas un anillo en tu dedo. Después... bueno, simplemente tendrás que descubrir lo ansioso que estoy".

Oh, mi dios. Mis pezones se endurecieron con sus palabras rudas. Mis paredes internas se apretaron en anticipación.

Lamí mis labios repentinamente secos. "Está bien. Sí".

15

ANE

Cuando accedí a un matrimonio con una novia por correo, esto venía con algunos sacrificios. No conocíamos a la mujer, no sabíamos nada sobre su personalidad, su edad, su temperamento. ¿Le gustaría—o más importante, podría manejar—vivir en Slate Springs, el cual estaba limitado por los efectos adversos del invierno por la mitad del año? Ella sería la mujer con la que nos acostaríamos por el resto de nuestras vidas. ¿Sentiríamos atracción por ella y ella por nosotros a cambio? Yo era un hombre viril y no me podía imaginar restringiendo mis apetitos carnales. Pero lo que había sentido que era el sacrificio más grande era saber que ella era verdaderamente mía. Mía y de Spur. La licencia de matrimonio por poder que aseguraba que ella estaba casada con Spur estaba bien, pero era un pedazo de papel. No hay ceremonia para *sentirse* casado.

Si bien yo no era el más dócil de los hombres, quería conocer, *sentir*, que mi novia era verdaderamente mía. Incluso un juez de la paz me hubiese resuelto este desafío. Tener a nuestra novia de pie entre nosotros, en Slate Springs donde era legal, y casándonos con ella. Esto no había pasado con Piper y quizás esa era la razón de nuestros problemas hasta la fecha. Nadie se sentía verdaderamente casado.

Hasta ahora. Ahora obtendría mi deseo. Me pondría de pie al lado de una mujer que conocía. Una mujer cuyo temperamento combinaba con el mío y que definitivamente podía manejar una vida en Slate Springs. Ella era muy deseable y acostarme solo con ella por el resto de mis días sería un privilegio. Y la tenía de pie entre Spur y yo delante del ministro del pueblo, recitando nuestros votos. Los dos. No Spur y después yo como segundo esposo por la ley del pueblo. No, yo también le dije mis votos a Piper.

No había ninguna duda, ni de ella, ni mía, ni nuestra de que verdaderamente nos pertenecía a nosotros, y nosotros a ella.

Y sus malditos hermanos, husmeando sobre los procedimientos, también lo sabían y finalmente se podían retirar.

Si el ministro tenía alguna objeción porque ambos Spur y yo besáramos a Piper para sellar los votos, no las compartió. De hecho, sonrió, contento con la unión. Quizás era porque había escuchado de las travesuras de Piper las últimas dos semanas, probablemente causando más alboroto del que presenciamos en la cantina y quería que ella estuviera bajo más control.

Poco conocía a nuestra novia.

Tan pronto como la tuviéramos para nosotros, sin hermanos supervisando, nosotros también aprenderíamos más sobre ella. Como si tenía cosquillas detrás de las rodillas, su sabor. Mientras que Spur había lamido su vagina, yo no lo había hecho. La primera noche no fue suficiente. Moría por saborearla en mi lengua, por tragarme cada porción de su crema mientras se venía por todo mi rostro.

"Hora de irnos, preciosa".

Le agradecí al ministro mientras sacudía su mano, después la guie a ella hacia el pasillo central y afuera de la puerta, no quería ver si alguien más nos siguió. La hubiese lanzado sobre mi hombro otra vez, pero la quería ansiosa por mí, no furiosa, una vez estuviéramos en la habitación de Spur y yo estuviera desnudo.

"Caballeros, aquí es donde nos despedimos", dijo Spur a los hermanos Dare mientras ofrecía una sacudida de mano.

"¿Se van?", preguntó Piper.

Jed se puso el sombrero sobre su cabeza. "No nos vamos, te vamos a dejar a ti *sola*. No te preocupes, estaremos en Slate Springs por un tiempo".

Miró a Spur directamente, después a mí, una advertencia tácita. Si hacíamos algo para molestar a Piper, ellos estarían ahí para dejarme un segundo ojo negro.

"Bien", dijo Piper sonriendo. "Entonces los veré mañana".

"El próximo día", contesté, estrechando mis ojos hacia Jed y Knox, retándolos a discutir. Obtuvieron lo que querían, ahora nos tenían que dejar solos para que pudiéramos follar a su hermana bien y duro. El único momento en el que habíamos visto a Piper cuando no estaba peleando o queriendo dispararle a alguien fue cuando se vino unas pocas veces. Quizás todo lo que necesitaba todo este tiempo era ser bien follada y yo estaba más que feliz por probar esa teoría.

Ella me miró, un pequeño ceño arrugando su frente.

"Dos esposos, dos días, preciosa", expliqué.

Cuando sus hermanos gruñeron, me agaché y la lancé sobre mi hombro una vez más. A la mierda. Había esperado demasiado. Era hora de hacerla nuestra. Totalmente. Completamente. Irrevocablemente.

~

Spur

Lane cargó a Piper por todo el camino a mi casa hacia las escaleras. Aunque era un pueblo pequeño, yo vivía a varias cuadras de la iglesia y sin duda seríamos el tema de conversación del pueblo dentro de poco, especialmente por la forma en que ella se comportaba. Por supuesto, si todos en el pueblo habían asumido que estábamos muertos, entones la charla sería incluso más que solo cargar a nuestra novia como un saco de semillas. Las noticias de muertes eran frecuentes, especialmente en un lugar tan remoto e inclemente. Era raro, si no es que nunca ocurría, que alguien regresara de la muerte.

Ver el trasero exuberante de Piper apretado debajo de la tela de su vestido mientras se balanceaba sobre el hombro de Lane me hizo sentirme lejos de la muerte. De hecho, mi sangre estaba bombeando por mis venas y mi pene. Como sus hermanos habían estado con nosotros, oculté la erección de mi pene lo mejor que pude cuando discutía con Piper. No quería mostrarles lo mucho que amaba verla toda irritada. No tenía astucia ni cortesía social con ella cuando estaba molesta, y cuando estaba dirigida hacia Lane y hacia mí, solo quería besarle y follarle esa molestia.

Una pequeña explicación tampoco le hizo daño para disminuir su ira. Afortunadamente, Lane *al fin* había hablado sobre Lil y dado una descripción de dos oraciones sobre su infancia antes de que muriera su madre. A Piper no le importó el estigma sobre su pasado, sobre la profesión de Lil, nada de eso. Fue *fácil* para él contarle la verdad. Por qué se había preocupado no tenía idea, pero Piper no era una de esas viejas estiradas que se desmayaban al pronunciar la palabra pezón o vagina, mucho menos al saber sobre nuestro pasado en un burdel.

"Me gusta ver tus cosas en mi habitación". Levanté una media que colgaba con su compañera a un lado de la cama. Era tan delicada y femenina y me recordaba nuestras diferencias físicas.

Lane bajó a Piper y ella agarró el pie de la cama para balancearse, después miró alrededor de la habitación en desorden. Además de las medias, un vestido colgaba de la silla, un cepillo de cabello y cintas sueltas sobre el armario. La cama estaba desarreglada y a pesar de que yo era fastidioso con los quehaceres del hogar, ver la marca de su cabeza en mi almohada, las sábanas enredadas donde ella durmió, era excitante.

Demonios, todo era excitante.

Ella creyó que no la habíamos deseado suficiente, que nosotros necesitábamos calmar nuestra lujuria con una zorra y después que estábamos muertos. Solo me podía imaginar el disturbio emocional en el que ella había estado por dos semanas. ¿Cómo podría confiar en otro hombre si nos habíamos comportado de esa manera, después de solo conocerla por un día?

Quizás tuvimos una segunda oportunidad. Una segunda oportunidad para que todos confiáramos en el otro. Una segunda oportunidad para demostrarle que nuestros penes estaban hechos solo para ella. Que siempre estaríamos duros cerca de ella, necesitándola, deseándola.

Suficiente. Era hora de reclamar a nuestra novia de nuevo... por primera vez.

"Necesitamos saber lo que estás pensando, preciosa. Si estás molesta con nosotros. Enojada. Feliz. Triste. Lo que sea. Cuéntanos".

Ella miró a Lane con esos ojos enrojecidos. "Nerviosa".

Me senté a un lado de la cama, todavía sosteniendo la media.

"¿Tienes miedo de nosotros?", pregunté. Nunca antes lo había tenido.

"No. Miedo no. Preocupación". Bajó la mirada hacia el suelo de madera, luego hacia mí. "Ahora sé que no ha habido nadie más. Les creo, pero he pasado las últimas dos semanas pensando lo contrario y me preocupa si estoy a la altura".

"¿Con una mujer imaginaria?"

Asintió.

"La única forma de hacerte creer que eres la única que queremos es demostrártelo". Lane dio un paso atrás, se recostó contra la pared y cruzó sus tobillos. No estaba tan imponente desde la distancia y con su actitud despreocupada.

"No estabas nerviosa esa mañana en la cocina cuando fuimos interrumpidos bruscamente", recordé, frunciendo el ceño. Me dolían las pelotas desde ese momento.

Lane se rio. "Nunca había odiado tanto a los Tates como en ese momento".

"Pero ellos son tan amables. Han sido amables conmigo las últimas dos semanas", respondió ella.

"Entonces les llevaremos una cesta de comida de agradecimiento, pero ese día tenías *mi* camisa puesta y si bien recuerdo, estaba levantada sobre tus caderas", dijo Lane señalando a su cintura.

"Sí, estabas recostada sobre el fregadero", añadí. "Mostrándonos tu vagina".

Sus mejillas se sonrojaron hermosamente.

"Bájate la falda, Piper, y continuemos donde lo dejamos".

Se mordió el labio y negó con la cabeza lentamente.

Mi estómago se revolvió, preocupado de que estuviera rechazándonos, que no quisiera nuestras atenciones.

"Primero quiero ver lo duros que están por mí", contestó ella.

Miré a Lane, después a Piper de nuevo. "Eres una provocadora, ¿no es cierto?"

Sonrió en respuesta y pude ver que ella sabía que tenía todo el poder. Pude que fuéramos dos hombres dominantes, pero ella era la que nos gobernaba. Ella definitivamente nos guiaba por nuestros penes y lo estaba descubriendo.

"Más tarde, cuando no te desee tanto, vas a recibir unos azotes por eso. Por estar en otra maldita cantina". Hice una pausa, dejé que esas palabras se ajustaran. Vi sus ojos encenderse con calor, sus mejillas floreciendo con color. Oh, sí, a ella le gustaba la idea. Mientras continuaba, abrí mis pantalones y saqué mi pene, comencé a frotarlo. "¿Quieres ver lo duros que estamos? ¿Saber que nos has estado provocando con la curva de esos senos? ¿El balanceo de tus caderas? ¿Ese labio inferior regordete? Recuerdo tu sabor y lo quiero otra vez".

Lane suspiró, frunció el ceño. "*Tú* la probaste. Yo tuve que escucharte por los tres días que estuvimos atrapados en esa maldita mina diciéndome cómo ella sabía a miel, que se te hacía agua la boca por su sabor. Es mi maldito turno".

"¿Estuvieron atrapados en la mina por tres días?", preguntó Piper, sus ojos anchos de sorpresa.

"No cambies el tema", advirtió Lane. Con dedos hábiles,

Lane se sacó su pene y agarró la base. Piper no tendría ninguna duda de su deseo por ella. "Ahí, ¿ves lo mucho que te deseo?" Él ni siquiera la dejó asentir antes de continuar. "Ahora bájate esa falda, agárrate bien de la cabecera de la cama y muéstrame tu vagina. Me voy a poner de rodillas y mi boca sobre ti. Voy a lamer y chupar esa vagina hasta que te vengas".

La respiración de Piper se aceleró y desabrochó el único botón a un lado de su falda oscura, bajó la prenda sobre sus caderas y cayó sobre sus pies. Pude ver el latido frenético de su pulso en su cuello, el color subiendo en sus mejillas—el cual no era por nervios o vergüenza. Parecía gustarle cuando Lane hablaba sucio y lo quería confirmar.

"¿Te gusta cuando Lane te dice qué hacer? ¿Lo que te va a hacer?"

Me miró, sus ojos nublándose lentamente con deseo y ni siquiera la habíamos tocado todavía. "Sí", suspiró ella.

"Bragas afuera", ordenó Lane, moviéndose para pararse detrás de ella, mirándolas como si lo ofendieran. "Demonios, no más malditas bragas. Solo se meten en el camino".

Ella haló el listón y la prenda ofensora cayó al suelo. Ah, ahí estaban los rizos de fuego con los que soñaba.

"Agárrate", ordenó Lane, señalando a la baranda de hierro del pie de la cama.

Negué con la cabeza. "No. Recuéstate sobre ello, Piper. Mientras Lane se come tu vagina, tú puedes chupar mi pene. Justo como lo ibas a hacer ese día en la cocina".

Me moví al centro de la cama cerca de ella, colocándome de nuevo sobre mis talones, mi pene apuntando hacia arriba y esperando por ella.

Ella ofreció una mirada rápida a Lane sobre su hombro, después me miró a mí.

Levanté una ceja, cubrí mis pelotas con una mano—

doloridas y llenas de semen—y mi pene con la otra. "¿Deseas a tus hombres?"

Se lamió los labios y asintió, sus ojos bajando a mis acciones.

"Entonces mete mi pene dentro de esa boca y Lane te dará un premio".

Moviendo las caderas, se posó sobre la barandilla en el pie de la cama, después colocó sus manos sobre mis muslos. Con un movimiento rápido de su lengua, la sacó y lamió el fluido que salía de la punta.

Verla haciendo eso hizo que mis pelotas se apretaran. Agarré la parte posterior de su cuello, guiándola suavemente un poco más hacia mí. Cuando sentí el calor dulce de su boca, la succión de esta, mis ojos se cerraron.

Demonios, sí.

16

Estaba doblada sobre el final de una cama con el pene de Spur separando mis labios. Las manos de Lane deslizando mis muslos desnudos y sentí su aliento caliente sobre mi vagina antes de que colocara su lengua sobre mí, su lengua lamiendo mi humedad. Sabía que era mucho; lo podía sentir sobre mis muslos. Lo amé cuando Spur puso su boca sobre mí la noche que nos conocimos, pero había estado conmocionada entonces ante la idea y a pesar de que me hizo venirme, yo fui un poco reservada, un poco cautelosa.

¿Ahora? Ahora empujé mi trasero hacia atrás para estar más cerca, para que Lane fuera más insistente. Cuando introdujo un dedo dentro de mi vagina, gemí alrededor del pene de Spur.

"Haz eso de nuevo, Lane. Lo que sea que haya sido, hazlo de nuevo", ordenó Spur. Sus dedos se apretaron en mi cabello y supe que lo estaba haciendo perder el control. La idea de que yo bajara a Spur a sus necesidades básicas era empoderadora.

Su sabor estaba en mi lengua, salado y picante. No sabía lo que estaba haciendo, pero intentaba tomar cada centímetro caliente y duro de él. Lo que me faltaba en habilidades esperaba llenarlo con deseo.

"No voy a durar", gruñó Spur.

"Entonces hagamos que nuestra chica se venga y yo la follaré mientras tú te recuperas", suspiró Lane mientras besaba mi muslo.

"¿Recuperarme?" Spur se rio. "No necesito eso con Piper. Mi pene no se va a bajar por bastante tiempo".

Lane sacó su dedo de mí y gemí, pero cuando deslizó ese dígito pegajoso en mi entrada trasera, me puse rígida y mi boca se abrió más.

"¿Qué demonios estás haciendo allá atrás?", preguntó Spur. "Maldición, acabo de tocar la parte de atrás de su garganta".

"Solo deslicé mi dedo en su trasero. Hora de venirse, preciosa".

Sí, lo era. Mientras su dedo se movía hacia adentro y afuera de mí, lenta pero insistentemente, chupó mi clítoris en su boca, su lengua rozándolo.

Mis dedos agarraron los muslos de Spur mientras me rendía a él, a la forma en que su pene estaba llenando mi boca por completo. Mi nariz tenía cosquillas por los ligeros vellos en la base de su pene y supe que estaba profundo. Me concentré en respirar por mi nariz.

Era caliente y carnal y perverso lo que estaba haciendo Lane y amé cada segundo de esto.

No podía contener el orgasmo. Mientras que me había tocado a mí misma tendida en esta cama sola pensando que mis hombres estaban muertos, esto, que Lane tuviera su boca sobre mí, era mucho mejor. ¿Y Spur? Amaba la sensación de él en mi boca mientras me venía, sabiendo que estaba conectada a los dos. La sensación, tan caliente, tan deliciosa, hicieron que cerrara los ojos, mis músculos contrayéndose antes de suavizarse. Sucumbiendo.

Lane continuó lamiendo y besando mi vagina, pero suavemente ahora. Como dejé de mover mi pene sobre el pene de Spur mientras me venía, mis cuidados olvidados en mi nube dichosa, él levantó sus caderas hacia arriba y comenzó a moverse.

"Eso es. Mantén tu boca bien abierta, suaviza tu garganta. Buena chica. Te voy a follar la boca y mi semen se va a deslizar hacia abajo".

Supe que se estaba viniendo cuando se hinchó imposiblemente más grande en mi boca y sus dedos se apretaron en mi cabello. La cabeza ancha tocó la parte posterior de mi garganta otra vez y mis ojos se ensancharon. Él gruñó profundo mientras sentía chorros calientes de su semen pulsar profundo, sin necesidad de tragar.

Su agarre se disminuyó y me retiré, respirando profundo y limpiándome la boca con el dorso de mi mano. Me encontré con la mirada oscura de Spur, vi su expresión saciada y complacida. Tenía razón; su pene todavía estaba duro, húmedo por mi boca.

Con un dedo, me frotó la mejilla. "Eres una pequeña chupadora de penes salvaje. Lane, no creerás cómo ella puede tomar un pene en su garganta".

Escuché a Lane ponerse de pie, hizo un sonido profundo de asentimiento. "Lo dice el hombre que se acaba de venir. Mi turno, preciosa".

"¿Puedes... um, sacar tu dedo?", pregunté, mirando por encima de mi hombro, la sensación de él instalada en mi trasero. No dolía. En realidad, después de la sorpresa inicial, se sentía muy bien. No tenía idea de que se podía encontrar semejante calor y placer en ese lugar oscuro.

"Demonios, no". Me sonrió, amplio y perverso, mientras alineaba su pene con la entrada ansiosa de mi vagina y se introducía profundo, en una sola embestida. "Tienes que acostumbrarte a que ambos agujeros sean llenados porque te tomaremos juntos. A menudo".

Él se sentía tan bien, tan grande. Había extrañado la conexión, la sensación de sus penes dentro de mí. "¿Cuándo?", pregunté, deseándolos a los dos. Mi espalda se arqueó mientras se deslizaba por completo.

"Hoy no, amor. No estás lista". Los dedos de Lane agarraron mi cadera izquierda.

Negué con la cabeza, lamí mis labios. "Lo estoy. Estoy lista ahora. *Por favor*. Lo necesito. Los necesito a los dos".

Spur miró a Lane y aunque no hablaron, se comunicaron con facilidad.

Lane se salió de mi vagina y gemí, meneando mis caderas. "Lane", me quejé.

Spur se bajó de la cama, fue a su maletín y sacó un frasco de vidrio y se lo pasó a Lane.

Cuando liberó su dedo de mi trasero, estaba completamente vacía.

Spur me ayudó a levantarme. "Ven, Piper. Si quieres nuestros dos penes, entonces nos tienes que probar que tu trasero virgen lo puede manejar". Me miró a los ojos, parecía, para que supiera que era serio, y aun así esperaba que cambiara de opinión. Ellos no me tomarían así a menos que sintieran que estaba físicamente lista, pero más importante que también estuviera mentalmente lista. "Seré yo el que te reclame ahí. Lane tiene tu vagina. Acomódate en la cama en cuatro patas, sí, así".

Me moví como él quería, sabiendo que sus ojos estaban

sobre mí. Me sentía caliente y suave, hermosa y deseada. Y quería estar entre mis hombres, tomada por los dos. Sí, estábamos verdaderamente casados, pero necesitaba más, necesitaba saber que era el centro de su mundo y esta era la última demostración de eso.

"Ahora la cabeza abajo. Bien, trasero arriba. Sí".

Las indicaciones de Spur eran reconfortantes. No tenía que pensar, solo sentir y escuchar. Obedecer. Yo *nunca* obedecía, pero aquí, en la cama con ellos, lo necesitaba.

Sentí la cama hundirse y Lane se sentó a mi lado, una mano sobre mi espalda baja, la otra entre mis cachetes separados. No fue su dedo el que se introdujo otra vez dentro de mí, sino su pulgar, cubierto pegajosamente con lubricante del frasco. Por alguna razón, el ángulo de su pulgar era diferente y no solo me abrió y se introdujo, se enganchó dentro de mí, abriéndome en una forma completamente diferente. Su mano descansó sobre la parte superior de mi trasero.

Mi cabeza se levantó y miré las almohadas fijamente, jadeando. Mis paredes internas se apretaron contra la intrusión e intentaron ajustarse. Respiré profundo, lo dejé salir, relajé mis hombros, mi espalda, todos mis músculos.

"Con cuidado", dijo Spur. "Eso es solo un pulgar. ¿Crees que puedas tomar más?"

Se estaba asegurando de que yo estuviera bien, de que no fuera a cambiar de opinión ahora que había algo dentro de mí. El estiramiento y la quemadura eran intensas, pero también eran provocadores con mi vagina vacía. El pene de Lane había estado profundo dentro de mí, después sacado por mis palabras. Estaba... sola ahí. Y me iba a venir. Estaba tan cerca y me acerqué entre mis piernas para frotar mi clítoris.

Sentí mis ojos abrirse más cuando otro digito se introdujo dentro de mí. Lane no solo los dejó ahí, sino que los movió adentro y afuera, separándolos.

"Lane, oh, Dios. Yo... yo me voy a venir".

Spur se acercó debajo de mí, encontró mi pezón y le dio un pellizco suave. Se dobló cerca y mantuvo su mirada en la mía mientras yo meneaba mis caderas, degustando la fricción de mis dedos contra mi clítoris y la sensación de los dedos de Lane en mi trasero.

"Sí, por favor. ¡Oh!"

Me vine, apretándome mientras mantenía mi mirada fija en la de Spur. Sabía que podía ver todo, sabía lo mucho que me gustaba, que lo necesitaba. Necesitaba que me follaran en mi vagina y trasero.

Tan rápido como dejé de apretar los dedos de Lane y volví a mí misma, los sacó de mí y se acercó a un lado de la cama.

"Ella puede con nosotros", confirmó Spur.

Yo estaba intentando recuperar el aliento. Se sentía tan bien, tan diferente, y no habíamos terminado. Si así era como me sentía por solo un pulgar, me preocupaba que tener un pene ahí fuera demasiado. Demasiado bueno.

"Hora de montarme", dijo Lane, sosteniendo su mano afuera para ayudarme a montarlo.

Lo miré y solo vi calma, anticipación, necesidad en su mirada. No estábamos peleando. Parecía que nunca lo hacíamos en la cama. Era el único momento en el que todos estábamos de acuerdo.

Mis muslos apretaron sus caderas mientras sus manos se acomodaban en mi cintura, levantándome sobre su pene y después ayudándome a bajar. Tuve que menearme y sacudirme para tomar todo de él y cuando estaba completamente sentada sobre sus muslos, me tomé un momento para acomodarme en la sensación de él.

Enganchando una mano detrás de mi cuello, me atrajo hacia él. "Ven aquí, preciosa".

Me besó, ardientemente y con un montón de legua. Levantó sus caderas, presionando dentro de mí, pero permaneciendo profundo.

No estaba segura si me estaba besando para distraerme de Spur subiéndose a la cama detrás de mí, para bajarme y que estuviera en una mejor posición para también tomar el pene de Spur, o si solo amaba besarme. De cualquier manera, estaba funcionando. Estaba más caliente que antes, especialmente porque no estaba tomando todo su pene, solo ligeros movimientos y dándome profundo. Cuando sentí la mano de Spur deslizarse por mi espalda como su pene, frío y pegajoso con el lubricante, presionó contra mi entrada abierta. Gemí dentro de la boca de Lane.

Aflojó su agarre en mi cuello, y yo me levanté ligeramente para poder mirar la mirada pálida de Lane. Mientras Spur presionaba y empujaba, movía y se introducía atravesando el anillo ajustado de músculos resistentes, sabía que Lane podía ver todo de mí. Todas mis emociones, todas mis sensaciones. Y cuando no pude evitar abrir más mis ojos y jadear cuando Spur se deslizó dentro de mí, supe que Lane también lo sintió. Estaba tan ajustado, la abertura impresionante.

Ellos me habían preparado, sí, pero un pene caliente y duro era diferente a cualquier dedo.

"Oh, Dios", susurré.

Lane sonrió. "Puedo sentirte tomando a Spur también. Buena chica".

"Eres perfecta, Piper", dijo Spur, su voz temblorosa con necesidad. Sabía que estaba siendo cuidadoso, conteniéndose de la necesidad carnal de follar duro. Sabía que a mis hombres les gustaba así. A mí también, pero me sentía vulnerable en este momento. Tenerlo en mi trasero me hacía sentir cosas más intensamente. Sentía más, las emociones recorriéndome más profundas.

"Ahí", gruñó él. Sentí sus caderas presionando contra mi trasero. "Ya estoy todo adentro. Maldición, estás ajustada".

Lane levantó una mano para cubrir mi rostro mientras jadeaba, concentrada en permanecer relajada entre ellos. Sentí el cuerpo duro de Lane debajo de mí, el de Spur en mi espalda, el vello de su pecho haciéndome cosquillas en mi piel sudorosa.

"Hora de moverse, preciosa", murmuró Lane.

Asentí ligeramente y después Spur se salió, vaciándome lentamente, pero no por completo. Revertió el movimiento y se volvió a introducir mientras Lane retrocedía. Tomaron un ritmo de uno adentro, el otro poco profundo, follándome con movimientos alternos.

Le arañé los hombros a Lane mientras pequeños gimoteos, después gemidos escapaban de mi boca. Las sensaciones eran tan increíbles, saber que los estaba haciendo sentir bien a los dos, follándolos a los dos, haciéndolos míos al mismo tiempo era increíble. Las embestidas profundas de Spur presionaron mi clítoris contra el vientre bajo de Lane y me iba a venir otra vez. ¿Cómo podía no hacerlo?

Estaba abrumada. Inundada. Asaltada con sensaciones.

"Yo... oh. Sí... Me voy a—"

"Vente, preciosa. Vente por nuestros penes".

Obedecí la orden de Lane y me vine, ordeñando sus penes mientras continuaron moviéndose. Su ritmo cambió mientras yo me sacudía y gritaba entre ellos, su propia necesidad de venirse tomando el mando.

Esto era follar. Esto era hacer el amor. Esto era convertirme en uno con mis hombres. Cuando sentí el semen de Lane bombear dentro de mí mientras él gruñía, dejé caer mi cabeza contra su pecho, escuché el latido rápido de su corazón.

Las manos de Spur se apretaron en mis caderas y lo sentí hincharse mientras se deslizaba hacia adentro una última vez, gritando mi nombre mientras se vaciaba profundo dentro de mi trasero.

Yo era un montón sudado y sin hueso entre ellos.

No sé cuánto tiempo pasó, pero Spur se salió cuidadosamente, se movió para acostarse en la cama. Lane me volteó para que estuviera entre ellos, después se salió de mí. Estaba entre ellos una vez más mientras sentía su semen salirse de mí. Estaba saciada, repleta. Amada.

"Preciosa, tú nos perteneces. Sin discusión". La voz de Lane tenía un pequeño puchero.

Sonreí en su pecho. "Está bien. No discutiré. ¿Cómo puedo hacerlo? No tengo mi pistola".

Spur se rio mientras se acomodaba contra mi espalda. "Follar sí que te hace amena".

"Hmm, sí. Creo que tendrán que seguir haciéndolo para mantenerme así".

Puede que fuera un sentimiento salvaje, pero era cierto. Quería a mis hombres, los necesitaba. De cualquier otra manera no los tendría. No hacía falta la pistola.

¿QUIERES MÁS?

¡Ordena por correo La novia de Slate Springs comienza con *Una Mujer Perversa*! ¡Lee el primer capítulo ahora!

EVE

"¿Disculpe?", pregunté, mi voz un susurro. Apenas pude escuchar al odioso hombre porque mi corazón estaba latiendo en mis oídos. "¿Dijiste que me relevaron de mis deberes?"

Me senté en una silla recta enfrente de una mesa larga donde el consejo de la ciudad de Clancy se sentó a juzgar. El ayuntamiento estaba vacío. Eran seis de ellos, todos hombres con expresiones severas y malos modales.

"Eso es correcto, Srta. Jamison". Cuando el Sr. Polk asintió con su cabeza, tembló su papada.

Había trabajado durante años, *años*, para obtener este trabajo. Quería ser la maestra de la ciudad desde hace tanto tiempo, tanto tiempo para que se me fuera de las manos así.

Estos seis hombres tenían mi destino, destino que pensé que había sido establecido hace un mes cuando me dieron el gran papel. El empleo de maestra de Clancy era mío. Fui contratada según mi certificado de maestra adquirido recientemente, por el hecho de que era de la zona, que conocía a los niños y las familias y que yo misma había ido a la universidad.

"Nos ha llamado la atención—" El hombre apretó sus labios como si se hubiese tragado un limón. "—su comportamiento ha sido... inapropiado para una maestra".

Sentí mi frente arrugarse. Sabía que Tara diría que eso me causaría arrugas, pero no lo pude evitar. No ahora. No podía permanecer apacible si iba a perder mi trabajo.

"¿Mi comportamiento?"

Los caballeros parecían retorcerse en grupo. Uno se limpió la frente con un pañuelo. Quería moverme en mi asiento, toquetear con los dedos, incluso limpiar el sudor que estaba corriendo por mi labio inferior. Pero no. No podía mostrar ni la más mínima emoción. Nada, porque necesitaba este trabajo. Era mi vida.

El Sr. Polk miró de izquierda a derecha a los demás miembros, se aclaró la garganta. "No somos quienes para hablar de esas cosas, especialmente enfrente de una señorita, pero cuando se trata de la señorita en cuestión..." Hizo una pausa, quizás para hacer que admitiera algo. Como no lo hice, él continuó. "Fuiste vista con tu jardinero en una posición *muy* comprometedora".

La boca se me cayó y se me aflojó la cara. Quizás ahora Tara pensaría que me veía como un pescado. "Yo... comprometedora... con el Sr. Nevil?" Mi voz se puso más suave, pero se elevó en su tono, mientras me colocaba los anteojos sobre la nariz.

Muchos de los hombres asintieron con sus cabezas.

El Sr. Nevil era diez años mayor que yo y había trabajado para mi padre desde que era una adolescente. Lo conocía casi de toda la vida y a pesar de que éramos amistosos, no éramos nada más. Nunca había estado sola con él ni siquiera una vez para ser vista haciendo algo comprometedor. Nunca había estado sola con *ningún* hombre. ¿Quién iba a estar interesado en mí? Yo era una estudiosa. Tenía el cabello castaño que se enrollaba salvajemente y que siempre estaba despeinado. Era bajita, rellenita, tenía pecas. Usaba anteojos. La lista era larga de las razones por las que un hombre no me miraría dos veces, todos ellos eran atraídos una y otra vez por mis hermanastras. Dado que ningún hombre me querría, el papel de maestra era perfecto. Un requisito era no estar casada.

"Estamos decepcionados, Srta. Jamison, porque una mujer de su clase pueda tropezarse así".

Me lamí los labios. Mi desayuno se asentó grotescamente en mi estómago. "Sr. Polk, yo no he hecho nada inapropiado con el Sr. Neil ni con cualquier otro hombre".

"Usted fue presenciada", contestó él rápidamente.

Fue en ese momento que lo supe.

Cerré los ojos brevemente, dejando que se instalara la gravedad de la situación. Todo esto eran mentiras, por supuesto, pero no importaba. Eran especulaciones de Tara y Marina. Mis hermanastras me odiaban. Mientras que odiar era una palabra ruda, era apta para esas dos. Me odiaban lo suficiente para usar el buen nombre del Sr. Nevil para lastimarme. Y esta era la última crueldad.

Ellas sabían que yo quería ser una maestra desde que mi padre se casó con su madre y se mudaron a la casa cuando tenían catorce años. Yo era un año mayor, pero no era rival para el dúo. Nunca lo había sido. Me habían torturado despiadadamente desde entonces. No pasa ni un día en el que ellas no se burlaban de mí o me menospreciaban, me lastimaban físicamente o arruinaban mi ropa. Su madre,

Victoria Jamison, no las disuadía. De hecho, yo le disgustaba tanto como lo hacían sus hijas. Ella quería el dinero de mi padre cuando se casaron, no a mí. Cuando mi padre murió un año después de su boda, ella no estaba complacida de estar atrapada conmigo—no podía simplemente lanzarme a la calle y hacerse lucir mal a ella misma—y me lo recordaba. La magnitud de sus acciones era tan enorme que me había vuelto inmune a su comportamiento. Hasta ahora.

Con el rol de maestra, me iba a mudar de la casa a la pequeña casa rural que me ofrecieron con el cargo esta semana, lejos de ellas y por mí misma. Iba a ser completamente libre de ellas, excepto quizás en la iglesia o cruzando caminos en la calle principal. Pero nada de esto iba a pasar.

¿Por qué? ¿Por qué estaban siendo tan crueles?

Si me hubiesen apuñalado con una navaja en el pecho, hubiese dolido menos. Los hombres me estaban mirando con vergüenza en sus ojos. No me podía redimir a mí misma. Si ellos sabían, entonces seguramente sus esposas también lo sabían. *Todos* sabrían pasada la hora, si no es que ya. Solo me podía imaginar lo que estaban haciendo Tara y Marina mientras yo estaba sentada aquí avergonzada por el consejo municipal.

Tenía que saber, para estar segura de la fuente de mi caída. Tragué, intenté que las palabras pasaran por el nudo de lágrimas atrapadas en mi garganta. "¿Presenciada por quién?"

"Tu hermana Tara te vio con el hombre cuando venía de llevarle cestas de comida a los necesitados".

¿Tara, llevándole comida a los necesitados? Quería levantarme y sacudir los pies, decirles la verdad, pero eso solo me pondría en una luz más dura. Solo me dejaría como rencorosa.

"¿Y qué hay del Sr. Nevil?", me preguntó. ¿Cómo se ha comportado en este escándalo? Él era un buen hombre y solo me podía imaginar lo furioso que estaría al ser usado de esa manera.

"Un hombre no puede ser ayudado si una mujer se le *lanza* y lo seduce con sus métodos perversos". Ese fue el Sr. Craft, quien era el mayor del grupo. Él había estado casado dos décadas antes de la Guerra Entre los Estados.

"¿*Lanza*?", respondí, después me mordí fuerte el labio para recordarme permanecer en silencio. Quería lanzar a Tara justo sobre su cabeza, pero eso no me haría ningún bien. ¿Cómo estos hombres no podían estar siquiera molestos con el Sr. Nevil—incluso si era inocente—y darme tales consecuencias?

"Aun no te has hecho cargo de la casa para la maestra, lo cual es bueno. Tu hermana podrá mudarse para allá sin retraso".

Las palabras del Sr. Polk hicieron que parpadeara. ¿Lo escuché correctamente? "¿Mi hermana?", susurré. Estaba segura de que mi corazón se detuvo.

Los hombres ofrecieron sonrisas amables. "Sí, la Srta. Tara Jamison ha sido lo suficientemente amable para ofrecerse a llenar el puesto hasta que se encuentre otra maestra".

"Ella no puede contar a menos que use sus dedos", respondí precipitadamente. "¿Cómo va a ser capaz de enseñarle a los niños?"

"Tu comportamiento rencoroso es impropio", dijo el Sr. Seamus, sus cejas altas sobre su cabeza calva. Se sentó en el extremo derecho y tenía las manos dobladas en su regazo. Su hija, Miranda, era mi amiga. Él, más que cualquiera de los hombres, debería saber que Tara no era muy estudiosa.

"Sr. Seamus, usted me ha conocido desde hace años.

Todos lo han hecho". Miré a los ojos a cada hombre. "¿Esto parece como algo que yo haría? ¿Alguna vez me han conocido por ser rencorosa?"

"Por eso es que esto es tan impactante", añadió el Sr. Polk.

"¿Puede que no me represente a mí misma?", pregunté. Creyeron en las mentiras de mis hermanas bastante rápido. ¿Por qué no escuchaban la verdad?

Todos los hombres sacudieron sus cabezas y el Sr. Polk pareció hablar por el grupo: "Quizás, Srta. Jamison, en algún momento Dios la guiará en la dirección correcta. Yo solo estoy agradecido de que su carácter ha salido a la luz ahora, antes de que estuvieras enfrente de los niños de la comunidad. Debería esperar que las señoritas sean caritativas con usted".

No solo estaba dejada de lado del trabajo, sino que ahora era una paria en Clancy. Todos sabrían que el consejo rescindió el trabajo de maestra por vileza moral y por esa razón, todos considerarían las mentiras que mis hermanas esparcieron como verdad. Les creerían porque mucha gente se alimentaba de chismes excitantes. Todos lo hacían siempre.

"Se puede retirar".

Eso fue todo. Después de tanto soñar, años de estudios y después en diez minutos, todo estaba arruinado y aplastado debajo del pie de mi hermana. Tenía que hacer un último esfuerzo, porque nada de esto era verdad. ¡Era tan injusto! "Pero—"

"Srta. Jamison, buen día". La voz del Sr. Pol tenía un tono afilado y supe que no había oportunidad para más discusión. Fui pintada de ramera.

Me puse de pie lentamente, pero los hombres no se levantaron como sería lo correcto y respetuoso siendo una señorita. Tragando un nudo que se formó en mi garganta, fui hacia la puerta y salí hacia el sol brillante. Limpiándome una lágrima que se deslizó por mi mejilla, me volví a casa. El sol estaba brillante y se reflejaba en mis anteojos, haciéndome entrecerrar los ojos.

"Es casi increíble. Alguien como tú siendo capturada con el musculoso Sr. Nevil".

Miré a la voz chillona por encima de mi hombro. Se me cayó el estómago. "Marina".

Por supuesto, ellas estarían esperándome. De seguro querían ver mi reacción a la noticia. Era parte de su diversión, presenciar el resultado de sus esfuerzos. ¿Cómo no las había visto, sentadas esperando y listas para regodearse, pavonearse sobre mi desgracia? Sin ganas de hablar, me volteé hacia atrás y continué hacia casa, ignorándolas.

Escuché sus pasos detrás de mí, siguiéndome. "Tú eres muy poco atractiva para él, incluso si es solo un jardinero. Para cualquier hombre, realmente".

Pude sentir sus miradas en mi espalda, probablemente mirándome a través de sus narices, mirando mi vestido marrón simple, mi cabello que se estaba saliendo de sus pinzas.

"Pero los mendigos no pueden escoger, ¿no es así?"

Las palabras de Marina cortaron profundo como lo hacían siempre. Las cicatrices de sus heridas incontables me hicieron dura, sin embargo. Pero estaba debilitada por lo que habían hecho, porque esto fue lo más cruel. Tenía que saber por qué.

Girándome, enfrenté a mis dos hermanastras, las manos sobre mis caderas. Se detuvieron abruptamente y sus cejas curvas se levantaron en sorpresa. Marina era morena mientras que su gemela, Tara, era rubia. No se parecían en nada, pero sus personalidades combinaban perfectamente.

Despiadadas, astutas y crueles. Mientras que yo era bajita y rechoncha, ellas eran altas y delgadas, con cuellos largos, curvas suaves perfectas, cabello peinado perfectamente.

"A ti ni siquiera te gustan los niños", dije, pensando en todas las veces que Tara evitaba asistir a la escuela los domingos.

Sonrió, aunque estaba llena de malicia en vez de calidez. "¿Niños? Yo no hice todo esto por los niños".

"¿Entonces por qué?" Estaba tan cerca de llorar y lo intenté tanto por permanecer estoica.

Marina le dio una palmada a su cabello y se encogió de hombros. "Estábamos aburridas y porque podíamos. Ahora, Tara tendrá la encantadora casa de maestra y tú no".

Arruinaron mi vida porque estaban aburridas. No pude soportar más moderación y las lágrimas cayeron. Ambas señoritas me alcanzaron y cada una tomó un brazo, me giraron y me guiaron por la calle lejos de la casa. "¿Qué tipo de señorita eres tú, llorando en la calle?"

Incluso con los ojos mojados, vi a Tara buscar en su cartera y sacar un trozo de papel.

"Aquí".

Me lo enseñó, pero no podía leer con mis lágrimas. Tenía que limpiar mis anteojos.

"Oh, sí, no puedes ver, ¿no es así?" Después de su recordatorio amable de otra deficiencia mía, comenzó a leer. "Matrimonio por poder de la Srta. Eve Jamison con el Sr. Melvin Thomkins de Slate Springs, Colorado".

Fruncí el ceño. "¿Matrimonio por poder?"

"No puedes esperar permanecer aquí en Clancy, ¿no es así? Tu reputación está hecha trizas. No tienes mérito. Lo has arruinado todo con tu amorío con el Sr. Nevil".

Clavé los talones y miré a Marina. "Yo no tuve un amorío con el Sr. Nevil", respondí.

"Por supuesto que no. Él nunca estaría interesado en un ratón como tú", contestó Marina sacudiendo su mano.

Quería tener un amorío con alguien, incluso leí sobre ellos en las novelas de la tienda que compré en el mercantil. Si iba a perder mi trabajo y mi reputación, hubiese sido genial haber hecho realmente lo que estaba siendo regado por el pueblo. Disfrutado a mí misma. Pero no, estaría arruinada y permanecía sin ser tocada.

"Te estamos haciendo un favor", añadió Tara.

"¿Favor?"

"Encontrándote un esposo", dijo Marina.

Me guiaron hacia la estación del tren, pero no me di cuenta de que era nuestro destino hasta que nos detuvimos en la plataforma. El tren con dirección al oeste había llegado hace una hora; el sonido de este no se podía confundir. El vapor siseó del motor y los pasajeros se arremolinaron.

"Tú no podías encontrar uno por ti misma".

"No estaba buscando un esposo", contesté. No lo estaba. Estaba contenta con la realidad de nunca tener uno y ser una maestra, lo cual no te permitía un pretendiente, mucho menos un esposo.

"Bueno, ahora tienes uno. Deberías estar agradeciéndome por encontrarte uno. El Sr. Melvin Thomkins. Tú eres su novia por correo. Aquí está tu licencia de matrimonio. Tu pasaje". Tara me entregó los papeles en las manos.

"¿Pasaje?", pregunté, mis lágrimas se habían ido hace rato. Mi mente todavía estaba en el aire con lo que había pasado con el consejo del pueblo y Marina y Tara se estaban moviendo demasiado rápido. Hablando demasiado rápido para mis pensamientos. Bajando la mirada, vi que sostenía un pasaje con una dirección a Denver junto con la licencia de matrimonio. "¿Para qué?"

"Enviándote lejos. Es por tu propio bien".

¿Enviándome lejos?

Di un paso atrás, pero Marina agarró mi brazo en un apretón de garra.

"Se están deshaciendo de mí". Miré entre mis hermanastras muy hermosas y muy malvadas. "No me quiero ir a ninguna parte. No me quiero casar con un extraño".

"No puedes mostrar tu rostro por aquí. ¿Has escuchado lo que las personas están diciendo de ti?", preguntó Tara.

Vi a las personas moviéndose por la plataforma. ¿Me estaban mirando? ¿Haciendo juicios? *¿Sabían* ellos?

El tren silbó, haciéndome saltar.

"Tenían todo esto planeado. Incluso la salida del tren es tan puntual. Buscar un esposo probablemente tomó meses. No creía que tuviesen la inteligencia para esto", contesté. Puede que la púa haya dado en el blanco, pero no me importaba. Ellas lo habían hecho peor.

La sonrisa de Tara desapareció.

Marina saludó a un portero que llevaba una maleta, una que reconocí como mía. Sí, esto había sido bien planeado. Mentir con una indiscreción solo era parte del plan. Probablemente pretendieron ser yo en la agencia de novias por correo, incluso encontraron a alguien que entregara mi maleta—ya llena.

"¿Por qué ahora? Me han odiado por casi diez años".

Las dos se encogieron de hombros, pero Marina habló: "¿Por qué no?"

Negué con la cabeza, casi sacudí mi pie. "No me voy a ir. No me pueden obligar".

"Eso es cierto, no podemos", dijo Tara, después se encogió de hombros. "Quédate si lo deseas. Estoy segura de que las Damas Auxiliares estarán ansiosas por tu presencia en la reunión mañana".

Estaba impresionada con el uso de ironía dramática de Tara, aunque probablemente ella no sabía lo que era eso.

"Y la iglesia el domingo, ¿no estabas dirigiendo el programa de los niños? Estoy segura de que eso ya no es una posibilidad", añadió Marina. "Toma". Puso algunas monedas en mi mano y las agarré fuertemente. "Mami ofrece esto como un presente de partida. Para el autobús de Denver para que conozcas a tu nuevo esposo. Ella no quería que tuvieras problemas".

Mami o Victoria como yo la llamaba, probablemente estaba encantada de separarse de las escasas monedas para poder separarse de mí. Y no solo al otro lado del pueblo a la casa de la maestra, sino a un pequeño pueblo llamado Slate Springs en el lado opuesto de Denver.

"Quieres decir que ella no quería que existiera la posibilidad de que yo regresara", contesté.

Marina exhaló, pero no respondió a mi afirmación, porque sabía que era verdad. "Vamos. Quédate. Tú decides".

Con una última mirada despectiva de cada una de ellas, se voltearon y se marcharon, sus cabezas sostenidas en alto. Un hombre inclinó su sombrero hacia ellas mientras pasaban y las miró a los ojos por más tiempo del apropiado. Una vez que estuvieron fuera de vista, permanecí donde estaba, con el pasaje y la licencia de matrimonio en mano, la maleta a mis pies. El silbato del tren sonó otra vez, pero estaba demasiado conmocionada para estremecerme esta vez.

La Sra. Michaels de la calle de abajo pasó, se detuvo y me dio una mirada de... decepción y tuve que apartar la mirada.

"Vergonzoso", murmuró antes de marcharse. Me había conocido de toda la vida y creía lo peor. ¿Así era como iba a ser si me quedaba en Clancy? Con una mentira, Tara me había arruinado. Con los planes cuidadosos de Marina, me estaban enviando lejos. Tenían razón. No tenía elección. Tenía que marcharme. No había nada para mí aquí. Con mi Padre fallecido, ni siquiera podía garantizar que Victoria no me echaría por las mentiras que esparcieron sus hijas.

"¡Todos a bordo!"

El grito del conductor me hizo mirar al tren, ver a los pasajeros a través de las ventanas. La plataforma estaba vacía. No tenía trabajo. Ni una familia que me quisiera. Nada. Solo un pasaje de avión y un esposo que era un completo extraño. Levantando mi maleta, me subí al tren y hacia una nueva vida.

¡RECIBE UN LIBRO GRATIS!

Únete a mi lista de correo electrónico para ser el primero en saber de las nuevas publicaciones, libros gratis, precios especiales y otros premios de la autora.

http://vanessavaleauthor.com/v/ed

ACERCA DE LA AUTORA

Vanessa Vale es la autora más cotizada de *USA Today*, con más de 50 libros y novelas románticas sensuales, incluyendo su popular serie romántica "Bridgewater" y otros romances que involucran chicos malos sin remordimientos, que no solo se enamoran, sino que lo hacen profundamente. Cuando no escribe, Vanessa saborea las locuras de criar dos niños y averiguando cuántos almuerzos se pueden preparar en una olla a presión. A pesar de no ser muy buena con las redes sociales como lo es con sus hijos, adora interactuar con sus lectores.

Facebook: https://www.facebook.com/vanessavaleauthor
Instagram: https://www.instagram.com/vanessa_vale_author

www.ingramcontent.com/pod-product-compliance
Lightning Source LLC
LaVergne TN
LVHW011832060526
838200LV00053B/3989